달려라 메로스

다자이 오사무 단편선

달려라 메로스

김욱송 옮김

달려라 메로스

–

제1판 1쇄 2003년 9월 10일
제1판 3쇄 2009년 3월 30일

–

지은이 – 다자이 오사무
옮긴이 – 김옥송
펴낸이 – 강규순

–

펴낸곳 – 도서출판 숲
등록 – 2002년 12월 14일 제20-279호
주소 – 경기도 고양시 일산동구 백석동 1329 밀레니엄리젠시 1203호
전화 – 031)811-9339 팩스 – 031)811-9739
E-mail – booksoop@korea.com

–

값 9,000원
ISBN 89-953946-3-3 03830

차례

귀향 | 7
동경 팔경 | 41
유다의 고백 | 85
후지 산 백경 | 115
여학생 | 151
달려라 메로스 | 213
소원 | 239
고향 | 245

〔 〕 안의 작은 글씨는 옮긴이주입니다.

歸　　　去　　　來 | 귀향

지금까지 많은 분들에게 신세만 졌다. 아마 앞으로도 계속 그럴지 모르겠다. 모두에게 사랑받으며 언제나 태평스럽게 살아왔다. 앞으로도 계속 그렇게 살아갈지 모른다. 그러나 죽을 때까지 이 수많은 은혜에 보답하지 못할 수도 있다고 생각하니 마음이 그다지 편치만은 않다.

참으로 많은 사람에게 신세를 졌다.

그 중에서 기타 씨와 나카바타 씨 두 사람에 대해 몇 자 적을까 한다. 다른 은인들에 대해서는 지금보다 더 좋은 글을 쓸 수 있게 되면 차례로 써나갈 생각이다. 지금은 글 쓰는 것이 서툴러 복잡한 내용은 아직 표현하기가 어려울 것이라는 생각이 들지만, 기타 씨와 나카바타 씨에 대해서라면 지금의 글 솜씨로도 비교적 정확하게 쓸 수 있을 것 같다. 무슨 말이냐 하면 그만큼 단순하고 명백한 관계라는 뜻이다. 그렇지만 아직 살아 있는 사람의 평범하고 일상적인 생활을 묘사한다는 것은 두말할 필요도 없이 그에 상응

하는 섬세한 마음 씀씀이를 필요로 한다. 그들에게는 나의 묘사에 대해 정정할 기회조차 없으니까.

나는 절대로 거짓말을 써서는 안 된다.

나카바타 씨나 기타 씨 두 사람 모두 쉰 살에 접어들었는데, 나카바타 씨가 한두 살 어릴지도 모른다. 나카바타 씨는 돌아가신 나의 부친이 아꼈던 사람이다. 그는 우리 마을에서 3리 정도 떨어진 고쇼가와라(五所川原)라는 마을의 오래된 포목점에서 일하고 있었는데, 틈만 나면 우리 집에 와서 집안일까지 도와주었던 것으로 기억한다. 아버지는 나카바타 씨를 '소모쿠(草木)'라고 불렀다. 나카바타 씨는 여자에게 별다른 관심이 없었는지 서른이 가까웠을 때까지 결혼을 하려 들지 않아 이를 놀리며 '소모쿠'라고 불렀던 것 같다. 마침내는 아버지가 나서서 먼 친척 아가씨를 중매하여 결혼을 시키게 되었다. 나카바타 씨는 결혼하자마자 곧바로 독립하여 포목상으로 크게 성공했고 지금은 고쇼가와라의 유명 인사가 되었다. 이 무렵 나는 약 십 년 동안 나카바타 씨의 가족에게 많은 걱정과 폐를 끼쳤다.

내가 열 살 때쯤이었다. 고쇼가와라의 숙모님 댁에 놀러가 혼자서 마을길을 걷고 있는데, "슈쨩!" 하고 누군가가 큰 소리로 내 이름을 불렀다. 깜짝 놀라 소리 난 쪽을 바라보니 나카바타 씨가 포목점 안에서 손짓을 하고 있었다. 너무나 갑작스러워서 정말로 깜짝 놀랐다. 그때까지 나는 나카바타 씨가 포목점에서 일한다는 것을 몰랐었다. 나카바타 씨는 어두침침한 가게에 앉아 손뼉을 치면서 나를 불렀는데 그렇게 큰 소리로 내 이름이 불려졌다는 사실이 부끄러워 달아나지 않을 수 없었다. 내 본명은 슈지이다.

나카바타 씨가 갑작스럽게 큰 소리로 내 이름을 불러 깜짝 놀란 경험은 중학교 시절에 한 번 더 있었다. 아오모리 중학교 2학년 때의 일로 기억한다. 아침 등교길에 일개 소대 병력 군인들의 행렬과 스쳤는데 큰 소리로 "슈쨩!" 하고 부르는 생각지도 않은 소리에 깜짝 놀랐다. 나카바타 씨가 모자를 뒤로 젖혀 쓴 채 총을 어깨에 매고 행렬 속에 있었던 것이다. 예비군 훈련을 받고 있는 것 같았다. 나는 나카바타 씨가 군인이었을 거라고는 생각지도 못했기 때문에 당황하지 않을 수 없었다. 내가 어찌할 바를 모르고 있는데 나카바타 씨는 태연하게 웃으면서 대열에서 벗어나 내게로 다가오려고 했다. 이윽고 나는 귀까지 빨개져 달아나기 시작했고, 뒤에서는 다른 군인 아저씨들의 웃음소리가 들려왔다.

나는 그 두 번의 기억을 언제까지나 소중히 간직할 생

각이다.

　쇼와 5년(1930년), 내가 동경에 있는 대학에 입학한 후 나카바타 씨는 나에게 없어서는 안 될 사람이 되었다. 이때는 나카바타 씨도 이미 독립하여 포목상을 경영하고 있어서 한 달에 한 번씩 물건을 구입하기 위해 동경에 왔는데 그때마다 번번이 나를 찾아주었다. 그 당시 나는 여자와 같이 살면서 고향 사람들과는 연락을 끊고 지냈는데 나카바타 씨는 나의 노모의 부탁을 받고 짬을 내었던 것이다. 나도, 그 여자도 나카바타 씨의 친절한 마음을 이용해 여러모로 무리한 부탁을 많이 했다. 나는 그때의 사정을 가장 단적으로 설명해주는 한 통의 편지를 아직도 가지고 있는데 그것을 소개할까 한다. 이것은 나의 창작집 『허구의 봄』 그 트머리에 실려 있는 편지이기도 한데, 물론 허구의 편지로 사실과는 크게 다를지 몰라도 분위기는 진실에 가깝다고 생각한다. 그것은 어떤 사람(나카바타 씨는 아니다)이 나에게 보낸 편지 형식으로 되어 있는데, 물론 이 내용은 사실과는 관계 없다. 나카바타 씨는 단 한 번도 이렇게 기묘한 내용의 편지를 내게 보낸 적이 없으니까 이건 전부 나 자신이 날조한 편지에 지나지 않는다는 것을 다시 한 번 강조한다. 그 편지 내용을 보고 내가 얼마나 시건방지고 많은 사람들에게 신세를 끼쳤는지를 알아주면 그만이다.

며칠 전(23일) 당신 어머님의 부탁으로 정월 초하루 설날에 쓰라고 떡과 소금 한 가마니, 오이 한 상자를 보냈는데 편지에 의하면 오이가 도착하지 않았다고요. 수고스럽겠지만 부인에게 다른 정류소를 조사해보라고 전해주십시오. 그리고 지금까지 이십팔 년 간, 열여섯 살 된 가을부터 마흔네 살이 된 지금까지 츠시마 가문에 장사를 배우러 들어간 가난한 상인으로서 일자무식인 내가 실례인 줄 알지만서도 두세 마디 할까 합니다. 분명히 귀에 거슬리는 말이 되겠지만 그냥 개가 짖는다고 생각하십시오. 그럼 잠시 실례를 하겠습니다.

들리는 소문에 의하면 요즘도 빚에 허덕이고 있는 데다가 일면식도 없는 사람한테까지 찾아가 마치 개처럼 갖은 애원을 하고 아양을 떨다가 그래도 상대에게 무시를 당하자 이렇게 말했다고 하더군요. "돈 좀 빌려달라는 게 그렇게도 나쁜 짓이냐? 약속한 대로 갚아주면 될 것 아닌가. 상대에게 해를 끼치는 것도 아니고 나는 숨통이 트이고…… 그게 그렇게도 나빠?" 하면서 그 부인에게 화분을 던져 유리창을 깼다고 하더군요. 물론 과장된 말이겠지만 저는 안타까운 심정에 눈물을 감출 수가 없었습니다. 당신의 아버님은 귀족 출신 의원이셨고 집안은 훈2등〔일본에는 최고 훈장인 대훈위국화장(大勳位菊花章 : 菊花章頸飾, 菊花大綬章의 2종) 밑에 욱일장(旭日章) 보관장(寶冠章) 서보장(瑞寶章)의 세 종류로 나누어 각각 훈(勳)1등에서 훈8등까지 8등급으로 구분하고, 이를 훈등(勳等)이라 칭하여 지위 칭호를 수여하는 동시에 이에 상응하는 훈장을 준다. 본문의 주인공은 욱일장의 훈2등에 해당됨〕을 받았습니다. 당신 같은 문학가들에게는 아무런 자랑거리도 못 되고 하찮은 것일지도 모르겠습니다. 그러나 부친께서 돌아가신 후 이 세상에 혼자 남아 계신 어머님을 생각하신다면 우리들에게 성공한 모습을 보여주는 것이 마땅하다고 생각합니다. "나는 몹시도 나쁜 놈이다. 호적은 물론이고 모든 인연을 끊어버리겠다. 그렇게 얘기하고 다녀서 지금은 집안에서 추방당했다. 내가 스스로를 비난하고 매도한 덕분에 모든 것이 정리되었고 현재 잘 지내고 있다"라고 말씀하셨는데 그 말을 들은 가족들은 당신을 몹시도 원망하고 있습니다. 뼈대 있는 집안에 태어난 당신은 형님이나 누님에게는 뭐라고 자신을 매도할 겁니까? 반드시 그분들의 곡해를 풀어주셔야 합니다. 며칠 전에도 야마기다 가에 시집가신 기쿠코 누님께서 찾아와 눈물을 흘리시며 한탄하셨습니다. 기쿠코 누님께서도 당신이 진 빚을 해결하기 위해 노력하고 있습니다만 시댁의 눈치도 봐야 하는, 매우 난처한 처지입니다. 될 수 있으면 앞으로 이런 일이 없도록 해주시길 바라고, 도저히 어쩔 수 없는 경우에는 저에게 말씀하십시오. 이 사실이 형님에게 알려지기라도 한다면 심각한 사태가 발생하고 맙니다. 아무튼 이번에는 제가 해결해드리겠습니다. 다시 한 번 말씀드립니다만 저 역시 싫어하는 사람에게는 이렇게 잔소리를 하시 않습니다. 이 점 염두에 두시고 부디 자신을 사랑하고 건강하시기를 거듭 부탁합니다.

쇼와 11년〔1936년〕 초여름에 첫 창작집이 출판되어 친구들이 우에노에 있는 중국요릿집에서 축하 파티를 열어주었다. 우연히도 그 파티가 있기 사흘 전에 나카바타 씨가 상경하여 나를 찾아왔다. 나는 나카바타 씨에게 기모노를 해달라고 졸랐다. 최상급 모시로 된 기모노와 누이몽〔의복에 가문(家紋)을 표시하는 자수〕이 되어 있는 하오리〔위에 입는 겉옷〕

와 여름 하카마(하의로 입는 겉옷), 가쿠오비(폭이 좁은 남자 허리띠), 나가쥬방(겉옷과 같은 길이의 속옷), 하얀 버선을 모두 갖출 수 있도록 해달라고 부탁하자 나카바타 씨는 당혹스러운 표정을 지었다. 도저히 시간을 맞출 수가 없다는 것이었다. 하카마와 오비라면 금방이라도 준비할 수 있지만 기모노와 쥬방은 무늬를 고르고 만드는 데에도 많은 시간이 필요하다고 나카바타 씨가 말하는 것을 나는 "아뇨, 할 수 있습니다. 할 수 있어요. 미츠코시 정도 되는 큰 포목점에 부탁하면 하룻밤에라도 만들어줍니다. 봉제사가 열 명, 스무 명 달려들어 기모노 하나에 매달리면 금방 할 수 있어요. 동경에서는 이런 일은 아무것도 아닙니다"라고 밀어붙였다. 동경에서는 뭐든지 다 할 수 있다고 나는 제대로 알지도 못하면서 자신만만하게 말했다. 드디어는 나카바타 씨도 "그럼 해보겠습니다" 하고 대답했다.

사흘째 되던 파티 당일 아침, 내 주문품 전부가 어느 포목점에서 배달되어 왔다. 모든 것이 최고급품이었다. 그 이후로 그런 고급스런 기모노를 입는 일은 영원히 없었다. 나는 그것을 입고 축하 파티에 참석했다. 그러나 하오리는 연예인처럼 보일까봐 아까웠지만 입지 않았다. 파티 다음 날 나는 그 기모노 세트 모두를 전당포에 넘겨버렸다.

그 파티에 나카바타 씨와 기타 씨가 참석하도록 부탁했지만 두 사람은 참석하지 않았다. 일부러 사양했는지 아니면 일이 바빠서 짬을 낼 수 없었는지는 모르겠다. 나는 나카바타 씨와 기타 씨에게 주위의 선배들과 친구들을 소개시켜 두 사람을 안심시킬 생각이었는데 그것도 나 혼자만의 생각이었는지 모른다. 그런 축하 파티를 두 사람에게 보였다 해도 안심은커녕 내 장래에 대하여 더 불안한 마음을 갖게 했을지도 모른다.

기타 씨에게도 나는 정말로 많은 걱정을 끼쳤다. 기타 씨는 동경의 시나가와에서 양복점을 경영하고 있다. 양복점이라고 해서 우리가 생각하는 그런 양복점은 아니다. 그는 일반 저택에서 사는데 그 저택의 방 하나를 양복점으로 꾸민 것이다. 미싱만 있을 뿐 간판도 장식도 없다. 기타 씨는 그곳에서 제자 둘을 데리고 특정 단골 손님의 양복만을 만든다. 돈을 버는 데는 관심이 없는 명인 특유의 기질을 소유한 사람이다. 내 아버지와 형도 양복은 그가 만들어준 것만 입었다.

내가 동경에 있는 대학에 들어간 이후로 기타 씨는 나를 감시하고 있었다. 그러나 나는 언제나 기타 씨를 속였다. 너무나 나쁜 짓만 하고 다니니까 기타 씨는 나를 자기

집 2층에 가두어놓은 적도 있었다. 고향에 계신 형님은 내 절도 없는 생활에 질려 그때그때 송금을 중지했지만 그때마다 기타 씨가 자신이 책임지고 감시하겠으니 계속해서 송금하도록 부탁하곤 했다. 함께 살던 여자와 헤어질 때도 기타 씨는 나 때문에 고생을 많이 했다. 하나 하나 이야기하자면 끝이 없다. 거짓말 하나 없이 글로 쓰자면 장편 소설 20권은 쓰고도 남을 것이다. 그런데도 나는 변함없이 태평스런 생활을 하면서 주위 사람들에게 신세나 지는 게으름뱅이였다.

서른 살이 되던 해 설날에 나는 지금의 아내와 결혼식을 올렸는데 그때도 모든 것을 기타 씨가 준비해주었다. 당시 나는 거의 한 푼도 없는 상태여서 결혼 예물을 준비하기 위해 20엔을, 그것도 동경에 사는 어느 선배에게서 빌렸다. 물론 예식 비용도 있을 리가 만무했고 어디에서 변통할 곳도 없었다. 그때 나는 고후 시에 작은 집을 빌려 살고 있었는데 결혼식 당일에는 평상복을 입은 채 동경의 선배를 찾아뵙고 그 선배 댁에서 신부와 만나 물 한 그릇만 떠놓고 간단히 예식을 치른 후, 고후 시의 집으로 돌아올 계획이었다. 식에는 기타 씨와 나카바타 씨가 부모님 대신 참석할 예정이었다.

아침 일찍 고후를 출발하여 정오쯤에 선배 집에 도착했다. 나는 말 그대로 평상복만 입은 채, 이발도 안 하고 예복도 입지 않았다. 가진 것이라곤 입고 있는 옷밖에 없었고 주머니도 텅 비어 있었다. 선배님은 서재에서 조용히 일하고 계셨다(선배라는 분은 실은 ○○선생님인데, ○○선생님은 소설이나 수필 등에 자신의 이름이 실리는 것을 무척 싫어하므로 실례가 되겠지만 그냥 선배라고 하겠다). 선배님은 일에 열중하여 내 결혼식도 잊고 계신 것 같았다. 원고지를 정리하면서 내게 정원수에 대해 설명하시더니 갑자기 생각난 것처럼 "참, 나카바타 씨가 보낸 기모노가 도착해 있어. 상당히 좋은 기모노 같더라" 하고 말했다.

전혀 예상치 못했던 너무나 훌륭한 기모노에 나는 입이 벌어질 따름이었다. 단지 결혼의 증인인 선배 앞에서 간단히 식을 치르고 돌아갈 생각이었다. 얼마 지나지 않아 나카바타 씨와 기타 씨가 웃으면서 함께 왔다.

"자, 시작합시다."

성격이 급한 나카바타 씨가 말했다.

그날 준비된 요리는 너무나 훌륭했고 기념 촬영까지 했다.

"슈지 씨, 잠깐 나 좀 보실까요."

나카바타 씨는 나를 옆방으로 데리고 갔다. 거기에는 기타 씨도 기다리고 있었다. 나를 앉히고 두 사람도 내 앞에 정중히 앉았다. "결혼 축하합니다"라고 말한 후 나카바타 씨가 진지하게 말했다.

"오늘 요리는 변변치 않지만 나와 기타 씨가 슈지 씨를 위해 준비한 것이니 편한 마음으로 받아주세요. 우리는 춘부장께 많은 은혜를 입었기 때문에 이런 기회에 조금이라도 보답하고 싶은 마음입니다."

나는 두 사람의 고마운 마음을 절대 잊지 않겠다고 맹세했다.

"나카바타 씨가 고생 많이 하셨죠."

언제나 그랬듯이 기타 씨는 나카바타 씨에게 공을 돌렸다

"결혼 예복은 나카바타 씨가 당신의 친척들을 찾아다니며 여기저기서 기부받아 만들어주신 것입니다. 이제부터는 스스로 알아서 잘해야 합니다."

나는 그날 밤 늦게 신부를 데리고 신주쿠에서 출발하는 기차로 돌아갈 예정이었는데, 농담이 아니라 정말 내 수중에 가진 돈이라고는 2엔이 전부였다. 돈이라는 것이 없을 때는 아예 없는 법이다. 여차하면 예단으로 받은 20엔

의 반을 돌려 받을 생각이었다. 10엔이면 고후행 기차표 두 장은 살 수 있다.

선배의 집을 나설 때 나는 기타 씨에게 작은 소리로 말했다.

"예단비의 반을 돌려 받을 수 없을까요?"

"아니! 이걸 노리고 있었어요?"

그때 기타 씨는 무척 화를 냈다.

"무슨 말을 하는 겁니까! 슈지 씨, 그래선 안 됩니다. 대체 무슨 생각을 하는 거죠? 이젠 그러면 안 됩니다. 조금도 나아지지가 않았잖아요. 어떻게 그런 말을 할 수 있습니까."

그렇게 말하며 자신의 지갑에서 지폐 몇 장을 꺼내더니 나에게 살짝 건넸다.

그런데 막상 신주쿠 역에서는 차표를 살 필요가 없었다. 이미 신부의 언니 부부가 이등석을 사놓은 것이었다. 그래서 돈이 필요 없게 된 내가 역 안에서 기타 씨에게 돈을 돌려주려 하자 기타 씨는 "선물입니다, 선물" 하며 받지 않겠다고 손을 내저었다. 정말 아름답게 느껴졌다.

결혼 후 커다란 실수 없이 일 년 정도가 지나 나는 고후에 있는 집을 정리하고 동경 시외의 미타카에 방 세 개짜리 집을 얻어 이사를 했다. 소설도 열심히 쓰고 이 년 후에는 딸도 얻었다. 기타 씨와 나카바타 씨도 무척 기뻐하며 예쁜 아기 옷을 사 가지고 왔다.

지금은 두 사람 다 나를 크게 걱정하지 않는 모양이다. 전처럼 자주 와서 이것저것 간섭하는 일이 없어졌다. 그렇지만 나 자신은 이전과 조금도 달라진 것이 없이 괴롭고 절박한 하루하루를 보내고 있기에 두 사람이 자주 와주기를 바랐다. 작년 여름이었다. 그날은 비가 왔는데 기타 씨가 긴 장화를 신고 갑자기 나타났다.

나는 기쁜 마음으로 자주 가던 돈가스 집으로 그를 안내했다. 그런데 그곳의 여자 종업원이 우리 테이블에 와서 나를 선생님이라고 불렀다. 기타 씨 앞에서 선생님이라고 불리는 게 쑥스럽기 짝이 없어 고개를 제대로 들지 못하고 있는데 기타 씨는 짐짓 모른 체하며 그 종업원에게 웃으며 물었다.

"다자이 선생님이 자네들에게 친절하게 대해주시는가?"

종업원은 이 사람이 오래 전부터 나를 감시하고 있다는 것을 알 리 없으므로 "예, 무척 친절하세요" 하고 농담조로 말했고 그 바람에 나는 어찌할 바를 몰랐다.

그날 기타 씨는 나와 의논할 게 있어서 찾아온 것이었

다. 의논보다는 명령이라고 하는 게 더 적절할지도 모른다. 기타 씨는 자신과 함께 내 고향집에 가보지 않겠느냐고 제안했다. 내 고향은 혼슈의 북쪽 끝인 츠가루 평야 중앙부에 위치해 있다. 나는 지난 십 년 동안 고향을 찾지 못했다. 십 년 전에 벌어진 어떤 사건으로 고향에는 얼굴을 내밀 수 없게 되었던 것이다.

"형님께서 허락하셨나요?"

우리는 돈가스 집에서 맥주를 마시면서 이야기했다.

"허락하신 것은 아닙니다. 형님으로서는 아직 용서하실 수가 없으시겠죠. 그러니 그 일에 대해서는 그만 이야기해요. 단지, 나 한 사람의 판단으로 낭신을 데리고 갈 생각입니다. 괜찮을 겁니다."

"그건 좀 위험하지 않을까요?"

나는 마음이 무거워졌다.

"뻔뻔스럽게 찾아갔다가 문전박대라도 당하고 큰 소동이 벌어지면 그거야말로 불에 기름을 붓는 격이지요. 나는 그냥 좀더 이대로 있는 편이 좋습니다."

"그렇지 않아요."

기타 씨는 자신만만했다.

"나와 함께 가면 괜찮을 겁니다. 생각해보세요. 실례의 말씀이지만, 당신 어머님의 연세가 벌써 칠순이십니다. 요즘 눈에 띄게 몸이 쇠약해져가신다고 하더군요. 언제 무슨 일이 일어날지 누가 알겠습니까? 그때까지도 형제 사이가 지금 같은 상태라면 결코 바람직한 일이 아닙니다."

"그야…… 그렇죠."

나는 우울해졌다.

"그렇죠? 그러니까 이번에 나와 함께 가요. 가서 가족들을 만나보세요. 한번 만나두면 그 다음에는 무슨 일이 일어나더라도 마음 편하게 찾아갈 수 있지 않겠습니까?"

"일이 그렇게 쉽게 풀린다면 좋겠지만……."

나는 몹시 불안했다. 기타 씨가 무슨 말을 해도 나에게는 이 계획이 대단히 비관적으로 보였고 엄청난 결과를 초래할지 모른다는 예감이 들었다. 지난 십 년 동안 동경에 살면서 나는 엄청난 추태를 부려왔다. 그 모든 일들이 절대 그렇게 쉽게 용서될 리 없다.

"걱정 마세요. 잘될 겁니다."

기타 씨는 무척 자신 있어 보였다.

"당신은 내가 하자는 대로만 하면 돼요."

"그렇지만……."

나는 무척 회의적이었다.

"가능하다면 순리대로 하는 게 좋지 않을까요? 저는 아직 고향집에 얼굴을 내밀 자격도 없고 또 형님이 화라도 내신다면 더 큰 일이 아니겠습니까?"

나는 아직까지도 고지식하고 완벽주의자인 큰형님이 너무 무서웠다.

"모든 책임은 내가 지겠습니다."

기타 씨는 강한 어조로 말했다.

"결과가 어떻게 되든 모든 책임은 내가 지겠다니까요. 전부 다 내게 맡기세요."

더는 반대할 수가 없었다.

기타 씨도 급한 성격의 소유자나. 바로 다음날 오후 일곱 시에 우에노발 급행을 타겠다고 했다. 그날 밤 나는 모든 것을 기타 씨에게 맡기고 그와 헤어진 다음 어느 카페에 들어가 혼자 술을 마셨다.

다음날 오후 다섯 시에 우리는 우에노 역에서 만나 지하 식당에서 식사를 했다. 기타 씨는 모시로 된 흰옷을 입고 있었고 나는 간단한 평상복 차림이었지만 가방에는 기모노가 들어 있었다. 맥주를 마시면서 기타 씨는 계획이 조금 수정되었다며 실은 형님이 동경에 와 계시다는 이야기를 했다.

"예? 그럼 이 여행은 의미가 없지 않습니까?"

나는 실망했다.

"아닙니다. 고향에 가서 형님을 만나는 것이 목적이 아니잖아요. 어머님을 뵈러 가는 거죠. 나는 그렇게 생각합니다."

"그렇지만 형님이 집을 비우신 사이에 우리들이 몰래 들어가는 것은 어쩐지 비겁하다는 생각이 드는데요."

"그렇지 않아요. 이미 어젯밤에 형님을 뵙고 말씀드렸습니다."

"절 데리고 고향에 간다는 말씀을 하셨다고요?"

"아니, 그건 말하지 않았습니다. 그걸 말하면 형님은 '기타 군, 그건 좀 곤란하네'라고 말씀하실 것이 뻔하죠. 그러실 수밖에 없는 처지니까요. 그래서 어제 뵈었을 때 그쪽에 잠깐 볼일이 있어 가는 길에 댁에 잠깐 들를지도 모른다는 말만 해두었죠. 형님이 안 계시는 것이 오히려 좋을지도 모릅니다."

"기타 씨가 아오모리에 가신다고 하니까 형님이 많이 기뻐하시죠?"

"예, 곧바로 댁에 전화하신다는 것을 내가 말렸죠."

기타 씨는 지금까지 츠가루의 내 생가에 가신 적이 한

번도 없다. 다른 사람에게 폐를 끼치거나 신세 지는 것을 극도로 싫어하기 때문이다.

"형님은 언제 돌아가신대요? 설마 오늘 같은 기차를 타게 되진 않겠죠?"

"아닐 겁니다. 촌장님과 같이 오신 것을 보니 시간이 좀 걸리는 일인가 본데요."

형은 동경에 가끔 와도 절대로 나를 만나려고 하지 않는다.

"고향에 가도 형님을 만날 수 없다니 조금 맥빠지네요."

나는 큰형님을 만나고 싶었다. 그리고 조용히 용서를 빌고 싶었다.

"무슨 소릴, 형님과는 이 다음에 언제라도 만날 수 있습니다. 그보다도 문제는 어머님이죠. 벌써 일흔, 아니 예순아홉이신가요?"

"할머니도 뵐 수 있겠죠? 벌써 아흔이 가까우실 텐데. 그리고 고쇼가와라의 숙모님도 보고 싶고……."

생각해보면 보고 싶은 사람이 너무 많다.

"물론 만날 수 있고 말고요."

자신만만한 말투였다. 너무나 믿음직해 보였다.

이번 여행이 점점 즐거워지기 시작했다. 둘째 형도 보고 싶었고 누나들도 만나고 싶었다. 모두 십 년 만이다. 그리고 나는 내가 태어나서 자란 집이 보고 싶었다.

우리는 일곱 시 기차를 탔다. 기차에 타기 전에 기타 씨는 고쇼가와라의 나카바타 씨에게 전보를 쳤다.

"일곱 시 출발, 기타."

나카바타 씨는 그 정도만으로도 무슨 의미인지 알 거라는 얘기였다. 이심전심이라는 걸까?

"당신을 데리고 가는 것을 나카바타 씨에게 이야기하면 나카바타 씨가 곤란해질 테니까, 그는 아무것도 모르는 걸로 해야 합니다. 고쇼가와라 역에 마중 나와서야 비로소 당신을 보고 놀라겠죠. 나중에 형님에게 난처한 입장이 될 수도 있으니까요. 왜 알면서 막지 않았느냐고 꾸짖으시면 나카바타 씨가 곤란해지겠죠. 그냥 역에 나를 마중 나왔다가 당신을 보게 된 거고, 모처럼 왔으니까 어머님을 한번 뵙게 했다고 하면 나카바타 씨의 책임은 가벼워지겠죠. 그 나머지는 모두 내가 책임질 몫이고."

"그러니까 나카바타 씨는 알고 있다는 말이죠?"

"글쎄요. 어쨌든 우리는 일곱 시에 출발만 하면 됩니다."

그의 계획은 너무 치밀해서 이해하기 힘들었다. 하지만 나는 모든 것을 기타 씨에게 맡긴 터라 불평할 처지가 못 되었다.

우리는 이등석에 탔는데 통로를 사이에 두고 겨우 자리를 잡고 앉아, 기타 씨는 침착한 모습으로 안경을 낀 채 신문을 읽기 시작했고 나는 탐정 소설을 읽었다. 긴 기차 여행을 할 때는 언제나 탐정 소설을 읽는다. 기차 안에서 칸트의 철학 같은 것은 읽을 기분이 들지 않는다.

기타 씨가 갑자기 나에게 신문을 건넸다. 뭔가 해서 보니 그 당시에 내가 발표한 『신(新)햄릿』이라는 장편 소설에 대한 비평이 크게 실려 있었다. 어느 선배의 호의 넘치는 감상문이었다. 정말이지 과분한 칭찬이었다. 나와 기타 씨는 소리 없이 얼굴을 마주보고 기쁜 듯이 함께 웃었다. 정말 근사한 여행이 될 것 같은 예감이 들었다.

아오모리 역에 도착한 것은 다음날 아침 여덟 시경으로 팔월 중순인데도 상당히 추웠다. 안개 같은 비가 내리고 있었고 우리는 오쿠바 선으로 갈아타고 도시락을 샀다.

"얼마?"

"— 전!"

"뭐라고?"

"— 전!"

'전!'이라는 것은 알아듣겠는데 몇 전이라는 말인지 도저히 알아들을 수가 없었다. 세 번을 되묻고서야 겨우 16전이라는 것을 알았다. 나는 할 말을 잃었다.

"기타 씨는 지금 판매원이 하는 말 알아들었어요?"

기타 씨는 진지한 표정으로 고개를 저었다.

"그렇죠? 잘 모르겠죠? 알아듣기 어렵네요. 일부러 동경 사람 티를 내려는 것도 아니고. 나도 츠가루에서 태어나고 자란 촌놈이라 처음 동경에 갔을 때는 츠가루 사투리를 연발하는 바람에 사람들을 많이 웃겼는데 이미 십 년 넘게 고향을 떠나 살다가 갑자기 츠가루 사투리를 들으니 알아듣기가 힘들군요. 하나도 못 알아들었어요. 인간이란 참으로 알 수 없는 동물이에요. 겨우 십 년 떠나 있었을 뿐인데 말조차 못 알아듣다니."

내가 완전히 고향을 배신하고 있다는 명백한 증거를 이렇게 보여주는 듯해 긴장하지 않을 수 없었다.

기차 안의 승객들 대화에 귀를 기울였다. 무슨 말인지 도통 알 수가 없다. 상당히 강한 억양이다. 나는 마음을 비우고 유심히 귀를 기울였다. 조금씩 들려오기 시작했다. 조금씩 들려오기 시작하자 그 다음은 드라이 아이스가 액체 상태를 뛰어넘으면 갑자기 고체에서 기체가 되어 증발하듯 맹렬한 속도로 이해되기 시작했다. 나는 본래 츠가루 사람이었던 것이다. 가와베 역에서 고노 선으로 갈아타고 열 시경에 고쇼가와라 역에 도착했을 때는 못 알아듣는 말이 없을 정도로 정확히 알 수 있게 되었다. 그렇지만 내가 순수한 츠가루 사투리로 말할 수 있을지 여부는 알 수 없었다.

고쇼가와라 역에 나카바타 씨의 모습은 보이지 않았다.

"이 사람이 마중을 나오지 않으면 안 되는데⋯⋯."

기타 씨도 이때만은 어두운 표정이 되었다.

개찰구를 나와 작은 역 주위를 둘러보아도 나가바다 씨의 모습은 보이지 않았다. 역 앞은 광장, 광장이라고 해봐야 자갈과 말똥으로 덮여 있고 마차가 두 대 있을 뿐인 쓸쓸한 광장에 우리는 가방을 들고 힘없이 서 있었다.

"아, 왔다 왔어!"

기타 씨가 기쁜 듯이 말했다.

몸집이 큰 남자가 웃으면서 마을 쪽에서 다가오고 있었다. 나카바타 씨이다. 나카바타 씨는 나를 보고서도 전혀 놀라지 않고 "잘 왔습니다" 하고 기쁜 목소리로 인사했다.

"이 일은 내가 책임지겠습니다."

기타 씨는 오히려 조금은 우쭐해하는 듯한 어조로 말했다.

"그래요. 잘 부탁하겠습니다."

우리들은 나카바타 씨의 집으로 안내되었다. 소식을 들은 숙모님이 찾아오셨다. 십 년 만에 보는 숙모님은 몸집이 작은 할머니가 되어 있었다. 내 앞에 앉으시더니 얼굴을 바라보면서 하염없이 눈물을 흘리셨다. 이 숙모님은 어릴 때부터 날 무척 귀여워해주셨던 분이다.

나카바타 씨 집에서 나는 기모노로 갈아입었다. 이 마을에서 3리 정도 더 가면 내가 태어난 집이 있다. 고쇼가와라 역에서 차로 삼십 분 정도 츠가루 평야의 중심부에서 일직선으로 북상하면 그 마을에 닿는다. 점심때쯤 나카바타 씨와 기타 씨 그리고 나, 이렇게 세 사람은 차로 내가 태어난 곳을 향해 출발했다.

눈앞 가득 펼쳐진 논, 옅은 녹색의 츠가루 평야라는 곳이 이런 곳이었던가. 조금 의외의 느낌을 받았다. 나는 작년 가을에 니가타에 갈 일이 있어 사도(佐渡)를 들러봤는데 그곳은 초목도 옅은 녹색이었고, 흙은 흰색으로 바싹 메말라 있었다. 햇빛이 부족한 느낌이 들어서 참을 수 없이 마음이 불안했다. 지금 눈앞에 보이는 평야도 그때와 같은 느낌을 준다. 여기에서 태어나 이런 희미한 풍경에 슬픔도 느끼지 못한 채 태평하게 뛰놀며 자랐다고 생각하니 묘한 기분이 들었다.

아오모리에 도착했을 때는 가랑비가 내리고 있었는데 벌써 개어 지금은 약하지만 햇빛도 비치고 있다.

"이 부근이 모두 형님 땅인가요?"

기타 씨는 나를 놀리듯이 웃으면서 물었다. 나카바타 씨가 옆에서 대답했다.

"그렇습니다."

역시 웃으면서 조금은 허풍스럽게 말했다.

"눈앞에 보이는 것은 전부 그렇습니다."

"한데 올해는 흉작이네요."

저 멀리 내 생가의 빨간 지붕이 보이기 시작했다. 지붕은 옅은 녹색의 벼 물결에 흔들거리며 떠 있었다. 나는 왠지 쑥스러워서 작은 목소리로 혼잣말을 했다.

"의외로 작네."

"작다니, 저 정도면 성이죠."

기타 씨는 나무라듯이 말했다.

가솔린 차는 천천히 달려서 기나기 역에 도착했다. 개찰구에는 작은형 에이지가 웃으며 서 있었다.

나는 십 년 만에 고향 땅을 밟았다. 쓸쓸한 땅이었다. 동토의 느낌조차 들었다. 매년 지하 깊숙한 곳까지 얼기 때문에 흙은 부풀어올라 황량해진다. 집도, 나무도, 흙도 바랜 느낌이다. 길은 하얗게 메말라 있어 걸어도 발바닥에는 아무 느낌이 없다. 너무 메마른 느낌이다.

"묘"라고 누군가 낮게 말했다. 그 말이 무슨 뜻인지 헤아린 네 사람은 조용히 절로 향했다. 그리고 아버지 묘에 들렀다. 묘 옆의 큰 밤나무는 예전 그대로였다.

생가의 현관에 들어설 때 내 가슴은 두근두근거리다가 터질 것 같았다. 안은 절간처럼 조용했다. 방들은 청결했고 아담한 느낌을 주었다.

나는 불단으로 안내되었다. 나카바타 씨가 불단의 문을 활짝 열어젖혀주었고 나는 불단을 향해 앉아 고개를 숙였다. 그러고 나서 형수님에게 인사했다. 기품 있는 아가씨가 차를 내왔는데 나는 형님의 장녀일 거라 생각하고 웃으며 고개 숙여 인사했다. 그러나 나중에 알고 보니 그녀는 하녀였다.

등 뒤로 나지막한 발소리가 들렸다. 나는 긴장했다. 어머니였다. 어머니는 나와 조금 떨어진 곳에 앉았다. 나는 조용히 고개 숙여 인사했다. 얼굴을 드니 작은 몸집의 할머니가 되어버린 어머니가 눈물을 닦고 계셨다.

또 등 뒤로 낮은 발소리가 들렸다. 순간 묘하게 (송구스런 말씀이지만) 기분이 으스스해져서 그것이 눈앞에 나타날 때까지 왠지 무서웠다.

"슈쨩, 잘 왔어."

여든다섯 살인 할머님이 큰 소리로 나를 반기셨다. 어머님보다도 훨씬 건강해 보였다.

"보고 싶었단다. 꼭 한 번은 보고 싶어."

성격이 명랑하신 분이시다. 지금도 저녁 반주를 거르는 일이 없다고 한다.

밥상이 나왔다.

"마셔라."

작은형 에이지가 맥주를 따라 주었다.

"예."

작은형은 학교를 졸업하고 나서 주욱 기나기에서 큰형님을 돕고 있다고 한다. 그러다 수년 전에 분가했다고 했다. 둘째 형은 형제 중에서 가장 몸집이 크고 호걸 같은 인상으로 기억하고 있었는데 십 년 만에 보니 실제로는 부드럽고 섬세한 사람이었다. 동경에서 십 년 동안 온갖 사람들과 부딪히며 거친 생활을 해온 나와는 비교할 수 없을 정도로 품위가 있었다. 얼굴 선도 가늘고 섬세했다. 많은 육친들 가운데 나 혼자만이 비열하고 가난한 근성을 지닌, 열등하고 보기 흉한 인간이 되어버렸다는 것을 확실히 깨닫고 혼자서 쓴웃음을 지었다.

"화장실은?"

나의 물음에 작은형 에이지는 이상한 얼굴을 했다.

"그게 무슨 말입니까?"

기타 씨가 웃으면서 말했다.

"자기 집에 와서 그런 걸 묻는 사람도 있습니까?"

나는 일어서서 복도로 나왔다. 복도가 끝나는 곳에 손님용 화장실이 있다는 것은 알고 있었지만, 큰형님이 안 계시는 동안에 제멋대로 쳐들어와 이곳저곳 함부로 다니는 것은 좋지 않다고 생각했기 때문에 물었던 것이다. 둘째 형은 나를 이상한 놈이라고 생각했을지도 모른다. 나는 손을 씻고 나서도 한참 동안을 그곳에 서서 창문으로 마당을 내다보았다. 나무 하나 풀 하나 변한 것이 없다. 나는 집 안팎을 좀더 둘러보고 싶었다. 한 번씩은 다 둘러보고 싶었지만 너무 뻔뻔스러운 일인 것 같아 그냥 창에 붙어 보는 것으로 만족하기로 했다.

"연못의 연꽃이 올해 서른두 송이나 피었다네."

할머니의 큰 목소리는 화장실까지 들려왔다.

"거짓말이 아니라 정말 서른두 송이가 피었다니까."

할머니는 아까부터 연꽃 이야기만 하고 계신다.

우리는 오후 네 시경에 기나기의 집을 나와 자동차를 타고 고쇼가와라로 향했다. 불미스러운 일이 생기기 전에 돌아가자고 내가 미리 기타 씨에게 말해두었던 것이다. 이렇다 할 실수 없이 화기애애한 가운데 대기하고 있던 차에 올라탔다. 기타 씨, 나카바타 씨, 나 그리고 어머니. 형수님과 형님의 권유로 어머니도 우리와 함께 고쇼가와라까지 함께 가기로 했다. 목적지는 숙모님 댁이다. 나는 거기서 일박을 하기로 되어 있었고 기타 씨도 그곳에서 자고 나음 날 나와 둘이서 근처의 온천 등을 돌다 동경으로 올라가기로 계획되어 있었다. 그런데 그날 아침에 기타 씨는 집에서 좋지 않은 내용의 전보가 와서 하는 수 없이 그날 밤에 아오모리발 급행을 타야 했다. 전보의 내용은 기타 씨 옆집 부인이 돌아가셨다는 것인데 기타 씨는 "이거 안 되겠네, 그 집은 무척 가난한 집이라 내가 가지 않으면 장례도 치르지 못할 겁니다. 나는 바로 올라가봐야겠네요" 하고 말하는 것이었다. 기타 씨는 한번 마음을 정하면 누가 무슨 말을 해도 마음을 돌리는 사람이 아니어서 우리도 말리지는 않았다. 숙모님 댁에서 함께 저녁 식사를 한 후 고쇼가와라 역까지 기타 씨를 배웅했다. 지금부터 다시 또 기차를 타느라 기타 씨가 얼마나 피곤할까를 생각하니 내가 다 괴로웠다.

그날 밤은 숙모님 댁에서 어머니와 숙모, 그리고 나 이렇게 셋이서 밤늦게까지 이야기를 나누었다. 아내가 미타카의 작은 집에서 정원도 가꾸고 여러 가지 야채를 키운다는 말을 웃으면서 하자 두 분은 그것이 마음에 들었는지 "그래, 그래"를 몇 번이나 반복하시면서 고개를 끄덕이셨다. 이제 츠가루 사투리가 자연스럽게 나오기는 했지만 상세한 이야기를 할 때는 역시 동경 말투가 되었다. 내 일에 대해서도 말씀드렸지만 어머니와 숙모님은 내가 무슨 일을 하는지 잘 모르시는 것 같았다. 나는 원고료나 인세에 대해서 열심히 설명했지만 절반도 이해하지 못하는 눈치였다.

"책을 만들어서 판다면 서점이 아니냐?" 하셨을 정도였다. 나는 이해시키기를 단념했다.

"예, 그 비슷한 거예요."

수입은 어느 정도냐는 어머니의 물음에 많을 때는 100엔도 1,000엔도 번다고 명랑하게 대답했는데 어머니가 다시 차분하게 그것을 몇 명이서 나누는 것이냐고 물으시는 바람에 한숨이 나왔다. 어머니는 내가 서점을 경영하고 있다고만 생각하시는 것 같다.

어머니도 숙모님도 내 실력을 전혀 인정하시는 것 같지 않아 주머니에서 지갑을 꺼내 두 분 앞의 테이블 위에 10엔짜리 지폐를 두 장 올려놓으며 허세를 부렸다.

"받아주십시오. 절에 가면 시주라도 하세요. 저 돈 많거든요. 제가 일해서 번 돈이니까 받아주세요."

나는 쑥스러웠지만 큰 소리로 말했다.

어머니와 숙모님은 얼굴을 마주보며 킥킥 웃었다. 내가 완고하게 조르자 두 분은 드디어 돈을 받아주셨다. 어머니는 그 지폐를 큰 지갑에 넣으시면서 지갑에서 축의금 같은 걸 넣는 봉투를 꺼내서는 나에게 주셨다. 나중에 그 안을 보니 내 창작 원고지 백 장분의 원고료와 맞먹는 돈이 들어 있었다.

다음날 나는 모두와 헤어져서 아오모리로 가 그곳의 친척집에서 다시 하룻밤을 자고 바로 동경으로 돌아왔다. 십 년 만에 갔는데도 고향을 속속들이 둘러보지 못하고 돌아왔다. 나에게 다시 고향 땅을 밟을 기회가 있을까? 어머니에게 좋지 않은 일이라도 생겼을 때 고향에 가볼 수는 있을까? 이런 생각을 하니 다시 괴로워진다.

이 여행을 하고 두 달 정도 지난 어느 날 우연히 길에서 기타 씨와 마주쳤다. 기타 씨는 안색이 매우 좋지 않았고 힘이 없어 보였다.

"무슨 일 있으신가요? 살이 많이 빠지신 것 같습니다."

"예, 맹장염을 앓았습니다."

그날 밤 아오모리발 급행으로 동경으로 돌아오자마자 복통이 시작되었다는 것이다.

"역시 그때 무리하는 바람에 그렇게 됐군요."

나도 전에 맹장염을 앓은 적이 있어서 과로가 맹장염의 원인이 된다는 것을 경험으로 알고 있었다.

기타 씨는 쓸쓸하게 웃었다. 나는 참을 수 없는 기분이 들었다. 모두 내 탓이다. 나의 악덕이 기타 씨의 수명을 적어도 십 년은 단축시킨 것 같다. 그러면서도 나 혼자만 변함없이 태연한 얼굴을 하고 있다.

東 京 八 景 | 동경 팔경

이즈의 남쪽, 온천이 있다는 것말고는 뭐 하나 이렇다 하고 내세울 것 없는, 서른 가구 남짓한 조용한 집들이 있는 산골 마을이다. 이런 곳이라면 숙박비도 쌀 것이라는 이유만으로 나는 그 삭막한 산골 마을을 택했다. 쇼와 15년〔1940년〕 7월 3일의 일이다.

 그 무렵 내게 조금 돈 여유가 생긴 것은 사실이지만 앞일이 어떻게 될지 여전히 막막하기만 한 상태였다. 어쩌면 글을 쓸 수 없게 될지도 모른다. 2개월 안에 소설을 쓰지 못한다면 나는 다시 빈털터리가 되는 것이다. 생각해보면 무척이나 불안한 여유였다. 그래도 내게 그 정도의 여유라도 생긴 것은 최근 십 년 동안 처음 있는 일이다.

 내가 동경에서 생활하기 시작한 것은 쇼와 5년〔1930년〕의 봄이다. 그때 이미 나는 H라는 여자와 함께 살고 있었다. 시골의 큰형님에게서 매달 충분한 생활비를 받고 있었지만 어리석은 두 사람의 사치스런 생활로 말미암아 월말이면 반드시 전당포에 물건을 하나둘씩 맡겨야 했다. 육 년째에 접어들었을 때 나는 결국 H와 헤어졌다. 내게는 이불과 책상, 전기 스탠드와 고리짝 하나 그리고 많은 빚이 남았을 뿐이다. 그로부터 이 년 후 어느 선배의 소개로 평범한 중매 결혼을 했다. 그리고 이 년이 지나자 처음으로 숨통이 트였다. 초라한 창작집도 이미 열 권 가깝게 출판했고, 출판사에서 청탁이 오지 않아도 이쪽에서 열심히 써서 가지고 가면 세 편 중 두 편 정도는 팔렸다. 이제부터가 본격적인 전업 세계로의 진출이 되리라 생각했다. 진정으로 내가 쓰고 싶은 내용만 쓰고 싶었다.

너무나도 불안하고 막막한 여유였지만 나는 정말 기뻤다. 적어도 앞으로 한 달 간은 돈 걱정 없이 쓰고 싶은 것을 쓸 수 있으니까. 그때의 내게는 왠지 모든 것이 거짓말처럼 느껴져 황홀과 불안이 교차하는 이상한 두근거림 때문에 오히려 일이 손에 잡히지 않았다.

동경 팔경.

나는 언제부턴가 이 제목으로 천천히 정성 들여 단편을 쓰고 싶다고 생각하고 있었다. 십 년 동안의 내 동경 생활을 그때 그때의 풍경을 배경으로 하여 쓰고 싶었던 것이다. 나는 올해로 서른두 살이다. 일본의 윤리에 있어서도 이 나이는 이미 중년의 영역에 들어간다. 안타깝지만 내가 내 육체, 내 정열에 물어보아도 그것은 부정할 수 없다. 기억하라, 네 청춘은 이미 끝났다. 너는 이제 30대의 중년 남자이다. '동경 팔경.' 나는 그것을 내 청춘과의 결별 선물로서 누구의 간섭도 없이 쓰고 싶었다.

그 녀석도 점점 속물이 되어간다는 무지한 뒷말이 미풍과 함께 내 귀에 들어올 때마다 마음속에서 강력하게 답한다. 나는 처음부터 속물이었다. 그대들은 그것을 느끼지 못했단 말인가? 문학을 생업으로 삼기로 마음먹었을 때 어리석은 사람들이 나를 만만하게 보았던 것 같아 나는 오히려 조용히 웃었을 따름이다. 만년 청년이란 깃은 배우의 세계에나 있는 것이지 문학판에는 없다.

동경 팔경. 나는 지금이야말로 이것을 쓸 때라고 생각한다. 지금은 급하게 약속한 일도 없다. 100엔 이상이나 여유가 있는데, 우습게도 황홀과 불안이 가져온 복잡한 한숨으로 좁은 방 안을 가득 메우며 어슬렁어슬렁거릴 때가 아니다. 나는 끊임없이 솟아오르지 않으면 안 된다.

동경 시의 지도를 한 장 사서 동경 역에서 마이바라(米原)행 기차를 탔다. 놀러 가는 것이 아니다. 내 생애의 중대한 기념비를 공들여 만들러 가는 것이라고 몇 번이나 되풀이해서 자신에게 이야기했다. 아타미(熱海)에서 이토(伊東)행 기차로 갈아타고, 이토에서 다시 시모다(下田)행 버스를 타고 이즈(伊豆) 반도의 동해안을 따라 세 시간을 버스에 시달리며 남쪽으로 달려 그 서른 가구 남짓한 초라한 산골 마을에 도착했다. 이쯤이면 숙박비가 하룻밤에 3엔이 넘지 않을 것이라고 생각했다.

우울함을 참기 힘들 정도로 초라한 숙박 시설 네 곳이 나란히 서 있었다. 나는 F라는 곳을 숙소로 정했다. 네 곳 중에서 그나마 조금 나아 보였기 때문이다. 심술궂게 보이는 종업원의 안내를 받으며 2층으로 올라가 방을 들여다보니 정말이지 이 나이에 울고 싶은 기분이 들었다. 삼 년 전에 살던 오기쿠보의 하숙방이 생각났다. 이건 오기쿠보에서도 최악의 하숙방이었다. 그렇지만 이 방은 그 하숙방보다 더 싸고 더 낡았다.

"다른 방은 없습니까?"
"예, 모두 막혀서 답답한데 이곳은 그래도 시원해요."
"그렇습니까?"

나를 무시하는 것 같았다. 허름한 복장 탓일지 모른다.

"하룻밤에 3엔 50전이고 점심은 별도입니다. 어떻게 하시겠어요?"

"3엔 50전으로 하죠. 점심은 먹고 싶을 때 말할게요. 열흘 동안만 여기서 공부할 생각입니다."

"뭐라고요?"

여자 종업원은 계단을 내려가다 다시 방으로 들어와서 말했다.

"저어, 장기 숙박자는 선불을 받고 있는데요."

"그렇습니까? 얼마나 드리면 될까요?"

"글쎄……, 알아서 주세요."

"50엔 드릴까요?"

"어머……."

나는 책상 위에 지폐를 늘어놓았다. 왠지 시글퍼졌다.

"모두 드리죠. 90엔 있습니다. 담뱃값 정도만 갖고 있겠습니다."

왜 이런 곳까지 온 것일까.

"예, 그럼 일단 받아두겠습니다."

여자 종업원은 내려갔다. 화를 내면 안 된다. 내게는 해야 할 소중한 일이 있으니까. 지금 내 처지에는 이 정도 대우가 딱 어울릴지도 모른다고 억지로 스스로를 납득시키고 가방에서 펜과 잉크, 원고지를 꺼냈다.

십 년 만의 여유가 이런 결과를 낳았다. 그렇지만 이

슬픔도 내 숙명 안에 정해져 있었던 것이라고 그럴싸하게 스스로를 납득시키며 일을 시작했다.

놀러 온 것이 아니다. 공들여 일을 하기 위해 온 것이다. 나는 그날 밤 어두운 전등 아래에서 책상 가득 동경 시의 지도를 펼쳤다.

얼마 만에 이런 동경 전도를 펼쳐보는 것인가. 십 년 전 처음 동경에 살게 되었을 때에는 이런 지도를 사는 것조차 창피했다. 사람들에게 촌놈이라고 비웃음을 사는 건 아닌지 몇 번이나 망설인 끝에 결단을 내리고 지도를 사서 재빨리 가게에서 나왔다. 지도를 품에 넣고 정신없이 하숙방으로 돌아온 그날 밤, 문을 잠그고 살짝 지도를 펼쳤다. 노랑, 빨강, 녹색의 아름다운 선과 그림의 모양. 나는 숨을 멈추고 정신없이 들여다보았다. 스미다 강, 아사구사, 우시고메, 아카사카, 아아, 뭐든지 있다. 가려고 마음만 먹으면 언제든지 바로 갈 수 있는 것이다. 나는 기적을 보고 있는 듯한 기분이었다.

지금은 이 누에가 먹다 남긴 뽕나무 잎 같은 동경 시의 전형을 아무리 바라보아도 그곳에 사는 사람들의 각양각색의 생활들이 떠오를 뿐이다. 이런 삭막한 땅에 전국에서 사람들이 모여들어 땀 흘리고, 한 평의 땅을 차지하기 위해

서로 다투고, 때론 웃고, 때론 슬퍼하고, 서로 반목하고, 질시하며 암컷은 수컷을 부르고 수컷은 암컷 주위를 반 광란 상태로 서성인다. 뜬금없이 『우모레기埋木』라는 소설에 나오는 슬픈 구절이 마음에 떠올랐다.

"사랑이라는 것은 (…) 아름다운 것을 꿈꾸면서 지저분한 행동을 하는 것이다."

물론 동경과는 아무 관계도 없는 말이다.

도츠카, 나는 처음에 여기에 있었다. 내 바로 위의 형은 혼자 이곳에 살면서 조각을 공부했다. 쇼와 5년[1930년], 히로사키의 고등학교를 졸업한 나는 동경 제국대학의 프랑스 문학과에 입학했다. 프랑스어를 한 자도 해석하지 못했지만 그래도 프랑스 문학 강의를 듣고 싶었다. 그리고 다츠노 유타카 선생님을 남몰래 흠모하고 있었다. 나는 형이 사는 집에서 조금 떨어진 신축 하숙집에 방 하나를 빌려서 살았다. 둘 다 말은 안 했지만 아무리 친형제라고 해도 한지붕 아래 살다 보면 불편한 점이 있을 거라는 그런 마음이 서로 통했던 것이다. 그래서 같은 동네이면서 조금 떨어진 곳에 살기로 한 것이다. 그로부터 3개월이 흐른 후 형은 병으로 죽었다. 그때 형의 나이 스물일곱이었다. 형이 죽은 후에도 나는 도츠카의 그 하숙집에 살았다.

2학기부터는 거의 학교에 가지 않았다. 사람들이 가장 두려워하는 어두운 세계의 일을 아무렇지도 않게 거들고 있었다. 과장된 몸짓의 문학이 그 일의 한 부분이라 칭하며 경멸하는 마음으로 문학을 접하고 있었다. 나 자신, 그 기간에는 순수한 정치가였다. 그 가을에 여자가 시골에서 올라왔다. 내가 부른 것이다. 그녀가 H이다. H와는 고등학교에 입학하던 해 초가을에 알게 되어 삼 년을 사귀었다. 그녀는 천진난만한 게이샤였다. 나는 그녀를 위해 혼죠구 히가시 고마가타에 방 하나를 빌렸다. 목수 집의 2층이었다. 육체적인 관계는 그때까지 한 번도 없었다.

　고향에서 큰형이 그녀의 일로 올라왔다. 칠 년 전에 아버지를 여읜 형제가 도츠카의 그 어두운 하숙방에서 만났다. 형은 급격히 바뀌어가는 동생의 흉악한 몰골을 보고 눈물을 흘렸다. 반드시 결혼시켜준다는 조건에 나는 형에게 그녀를 맡겼다. 맡기는 뻔뻔한 동생보다 맡는 형이 몇 배나 더 괴로웠음에 틀림없다. 시골로 내려가기 전날 밤 나는 처음으로 그녀를 안았다.

　형은 그녀를 데리고 일단 시골로 내려갔다. 그녀는 아무런 말도 없이 시키는 대로 할 뿐이었다. 그녀에게는 '집에 무사히 도착했습니다' 하는 사무적이고 딱딱한 내용의 편지가 한 통 왔을 뿐, 그 후로는 아무런 소식이 없었다. 그녀는 무척 안심하고 있는 듯했고, 나는 그것이 불만이었다. 이쪽은 가족 모두를 실망시키고 어머니에게는 지옥 같은 괴로움을 맛보게 하며 싸우고 있는데 그녀 혼자만이 엄청난 자신감으로 편안하게 있는 것은 꼴불견이라고 생각했다. 나에게 날마다 편지를 보내야 한다고 생각했다. 그녀는 나를 좀더 좋아해야 한다. 그렇지만 그녀는 편지 쓰기를 싫어하는 사람이었다. 나는 절망했다. 아침 일찍부터 밤늦게까지 일 때문에 분주했다. 사람들이 부탁을 하면 거절하는 법이 없었다. 이 방면에서 내 능력의 한계가 조금씩 보이기 시작해 나는 이중으로 절망감을 느꼈다. 긴자의 호스티스가 나를 좋아했다. 누군가가 자신을 좋아하는 시기가 누구에게나 한 번쯤은 있다. 불결한 시기였다. 나는 그녀와 함께 가마쿠라의 바다로 들어갔다. 내 일에 한계가 오면 죽을 거라고 생각하고 있었다. 그렇다. 그 일에서 나는 진 것이다. 너무나 불가능한 일을, 비겁하다는 소리를 듣고 싶지 않아 결국 떠맡고 말았던 것이다. H는 자신의 행복밖에 생각하지 않는다. 너 하나만 여자가 아니다. 네가 나의 괴로움을 몰라주기 때문에 이런 결과가 생긴 것이다. 꼴 좋다. 나는 모든 육친들이 나에게서 떠난 것이 가장 괴로웠다. H

와의 일로 어머니, 형, 숙모님도 질려버렸을 거라는 생각이 투신 자살의 가장 직접적인 원인이었다.

여자는 죽었고 나는 살았다. 죽은 사람에 대해서는 이전에도 몇 번인가 썼는데 그녀의 죽음은 내 생애의 가장 큰 오점으로 남았다. 나는 유치장에 들어가 많은 조사를 받은 끝에 기소 유예로 풀려났다. 이것이 쇼와 5년(1930년)이 저물 무렵의 일이었다. 형들은 자살 미수에 그친 동생을 따뜻하게 맞아주었다.

큰형은 H를 게이샤에서 빼내 다음해 2월에 동경으로 보내주셨다. 약속을 굳게 지키는 형이었다. H는 태연한 얼굴로 찾아왔다. 우리는 고탄다에 30엔짜리 집을 빌렸고 H는 열심히 일했다. 나는 스물세 살, H는 스무 살이었다.

고탄다에서의 생활은 무기력했고 새출발에 대한 의욕은 티끌만큼도 없었다. 가끔씩 찾아오는 친구들의 기분만을 맞추며 살았다. 추한 전과를 부끄러워하기는커녕 남몰래 자랑스러워하기까지 했다. 실로 파렴치하고 한심한 시기였다. 학교에는 거의 가지 않았고 그 어떤 노력도 하지 않았다. 무사태평한 얼굴로 H를 바라보며 생활했다. 정말 아무것도 하지 않았다. 마치 바보 같았다. 나는 전에 했던 그 일을 다시 시작했다. 이번에는 아무 정열도 느낄 수 없었고 공허하기만 했다. 그것이 동경 한구석에 처음으로 집을 가졌을 때의 내 모습이다.

그해 여름에는 간다의 도보쵸로, 늦가을에는 간다의 이즈미쵸로 이사했고, 다음해 초봄에는 요도바시의 가시와기로 이사했다. 이렇다 할 특별한 일도 아니었다. 그저 그 일을 거들다가 두 번 유치장에 들어갔는데 유치장에서 나올 때마나 나는 친구들의 조언에 따라 이사를 한 것뿐이다. 어떤 감격도, 혐오도 없이 그저 그게 모두를 위한 것이라면 그렇게 하겠다는 무기력한 태도였다. 아무 생각 없이 H와 둘이서 하루하루를 보낼 뿐이었다.

H는 쾌활했다. 하루에 두세 번씩 내게 큰 소리로 화를 냈지만 뒤끝이 없었다. 그러다 영어 공부를 시작했다. 내가 시간표를 만들어 공부를 시켰지만 별로 잘하지는 못했던 것 같다. 영어는 겨우 로마자를 읽을 정도가 되나 싶더니 어느새 그만두었고, 편지 역시 서툴렀다. 쓰기를 싫어했던 것이다. 내가 초안을 잡아주어야 했다. 그녀는 내게 누나 노릇을 하는 것을 좋아하는 것 같았다. 내가 경찰서에 잡혀가도 그렇게 당황하지 않았고 오히려 남자답다고 해석하며 즐거워하기조차 했다. 도보쵸, 이즈미쵸, 가시와기로 이렇게 이사를 하다 보니 어느새 나는 스물넷이 되어 있었다.

그해 늦은 봄 나는 또다시 이사를 했다. 역시 경찰에 호출될 것 같은 상황이어서 달아난 것이다. 이번에는 조금 더 복잡한 문제였다. 시골의 큰형에게 거짓말을 꾸며대고 2개월치 생활비를 한꺼번에 받아서 가시와기에서 철수했다. 가재 도구는 여기저기 친구들에게 나누어 맡기고 간단한 짐만 가지고 니혼바시 핫쵸보리의 목재 가게 2층으로 옮겼다. 나는 홋카이도 출신 오치아이 가즈오라는 남자가 되었다. 하루하루가 불안했다. 그래서 가지고 있는 돈을 아끼지 않을 수 없었다. 어떻게든 되겠지 하는 생각으로 내 불안한 마음을 위로했다. 내일에 대한 준비는 전혀 없었다. 아무것도 할 수 없었다. 때로는 학교에 나가 강당 앞 잔디밭에 누워 몇 시간씩 뒹굴었다.

어느 날의 일이다. 같은 고등학교를 나온 경제학부 1학년에게서 이상한 이야기를 듣고 배신당했다는 생각을 했다. 그럴 리가 없다. 알려준 학생이 오히려 미웠다. H에게 물어보면 알 수 있을 거라고 생각하고 부지런히 목재 가게 2층으로 돌아왔지만 좀처럼 말을 꺼내기가 어려웠다. 초여름의 오후였다.

서쪽으로 지는 햇살이 들어와 방은 더웠다. 나는 H에게 맥주 한 병을 사오게 했다. 당시 맥주는 25전이었다. 그

한 병을 마시고 또 한 병을 주문했다가 H에게 심한 욕을 먹은 후, 나는 학생에게서 들은 이야기를 아무렇지도 않은 표정으로 H에게 들려주었다. 그녀는 사투리로 "어이가 없군" 하는 말을 하며 화를 내고 잠깐 눈살을 찌푸린 후 하고 있던 바느질을 계속했다. 의심스러운 기색은 전혀 없었다. 나는 H를 믿었다.

그날 밤 나는 나쁜 책을 읽었다. 루소의 『고해록』이다. 루소가 결혼하기 전에 쓴 것인데, 그의 가슴 아픈 경험을 고백하는 대목을 읽을 때 나는 견딜 수가 없어졌다. H를 믿을 수 없게 된 것이다. 나는 그날 밤 드디어 모든 것을 불게 했다. 학생에게서 들은 이야기는 모두 진실이었다. 더 지독했다. 더 파들어 갔다간 끝이 없을 것 같아 그만 멈추고 말았다.

나 역시 그런 문제로는 H를 나무랄 자격이 없다. 가마쿠라 사건은 뭐란 말인가. 그래도 그날 밤은 속이 부글부글 끓었다. 나는 그날까지 H를 보물처럼 소중하게 생각하고 자랑스러워했다는 것을 깨달았다. 오직 그녀를 위해서 살아왔던 것이다. 나는 여자를 순결한 상태로 어둠에서 구했다고 생각하고 있었다. H가 말하는 그대로를 바보처럼 단순하게 믿었던 것이다. 친구들에게 자랑삼아 말하기까지

했다. H는 이처럼 의지가 강하여 내게 오기까지 자신을 잘 지킬 수 있었다고. 얼마나 어리석었는지 말로 다할 수가 없다. 여자라는 것이 어떤 것인지 몰랐다. H의 기만을 미워할 마음은 조금도 생기지 않았다. 고백하는 H가 귀엽다고 생각했다. 등을 쓸어주고 싶어졌다. 나는 단지 유감스러웠다. 생활이 싫어졌고 분쇄기로 갈아버리고 싶다고 생각했다. 스스로가 참을 수 없어져 나는 자수를 했다.

    검사의 조사가 일단락되고 나는 죽지도 않고 다시 동경 거리를 걷고 있었다. 돌아갈 곳이라고는 H의 방뿐이었다. 나는 서둘러 H의 방으로 갔다. 쓸쓸한 재회였다. 둘 다 비굴하게 웃으면서 힘없이 악수를 했다. 핫쵸보리를 떠나 시바구의 시로가네에 있는 커다란 빈집의 별채 방 하나를 빌려 살았다. 고향의 형들은 기가 막혀 하면서도 생활비를 보내주었다. H는 아무 일도 없었던 것처럼 기운을 차렸다. 그렇지만 나는 자신의 어리석음에 서서히 눈을 떴다. 유서를 썼다. 「추억」백 장이었다. 돌이켜보면 이 「추억」이 나의 처녀작인 셈이다. 유아기부터 내가 가졌던 악을 꾸밈 없이 써두고 싶다는 생각을 했다. 스물네 살의 가을이었다. 잡초만이 무성한 넓은 정원을 바라보면서 별채에 앉아 있는 나는 완전히 웃음을 잃고 말았다. 나는 다시 죽을 생각을 했고 인생을 한 편의 드라마로 보았다. 아니, 드라마를 인생이라고 생각한 것이다. 어찌됐든 간에 이제 나는 누구에게도 쓸모없는 인간이 되었다. H마저도 다른 사내의 손때가 묻었다. 살아갈 의욕이 전혀 일지 않았다.

그렇지만 인생은 드라마가 아니었다. 제2막은 누구도 알 수 없다. '멸망'이란 역할로 등장해서 최후까지 퇴장하지 않는 남자도 있다. 이런 사람이 있었습니다 하는 유년과 소년 시대의 내 고백을 작은 유서로 써내려갔지만 그 유서가 오히려 마음에 걸려 나의 허무에 작은 등불을 밝혔다. 죽을 수가 없었다. 「추억」 한 편만으로는 성이 차지 않았다. 어차피 여기까지 썼으니 모두 쓰자. 지금까지의 내 생활 전부를 털어놓고 싶다.

써서 남겨두고 싶은 것들이 여기저기서 튀어나왔다. 먼저 가마쿠라의 사건을 적고 보니 뭔가 빠트린 게 있었다. 그래, 한 편을 더 쓰자. 역시 아직도 부족하다. 한숨을 쉬며 또 한 편을 쓰기 시작했지만 마침표를 찍지 못한 채 작은 콤마의 연속이 되었다. 영원으로 유혹하는 저 악마에게 나는 점점 사로잡혀가고 있었다.

나는 스물다섯 살이 되어 있었다. 쇼와 8년(1933년)이었다. 그해 3월에는 졸업을 하지 않으면 안 되었지만 졸업은

커녕 시험조차 보지 않았다. 고향의 형들은 그런 사정에 대해서는 모른다. 바보 같은 짓만 하고 다녔으니 최소한의 사죄의 표시로 졸업만은 하겠지, 그래도 그 정도의 성실함은 있는 녀석이라고 기대하는 눈치였다. 나는 그것을 보기 좋게 배반한 것이다.

졸업할 생각이 없었다. 나를 믿어주는 사람을 기만한다는 것은 미쳐버릴 것 같은 지옥이었다. 그로부터 이 년을 더 나는 그 지옥 속에서 살았다. '내년에는 반드시 졸업하겠습니다. 일 년만 더 기다려주세요' 하며 큰형에게 울며불며 매달리고 나서는 다시 그 믿음을 배신한다. 그해에도 그러했고 그 다음 해에도 그러했다. 죽을 것 같은 반성과 자조와 공포 속에서 죽지도 못하고 나는 제멋대로 유서라고 칭한 일련의 작품에 빠져 있었다. 완성된다 해도 그것은 풋내기의 우쭐한 감상에 지나지 않을지도 모른다. 그렇지만 나는 그 감상에 목숨을 걸었다.

내가 쓴 작품을 큰 종이 가방에 보관했다. 작품의 수는 점점 늘어갔다. 나는 그 종이 가방에 '만년(晚年)'이라고 적었다. 내가 살던 빈집이 팔리게 되어 우리는 그해 초봄에 이사를 하지 않으면 안 되었다. 학교를 졸업하지 못했기 때문에 고향에서 보내오는 생활비도 많이 줄어 좀더 절약해야 했다. 스기나미구 아마누마 3번지. 지인의 집 방 한 칸을 빌려 살았다. 그 집을 빌려준 사람은 신문사에서 근무하는 훌륭한 시민이었다.

그로부터 이 년 간 그와 같이 살면서 많은 걱정을 끼쳤다. 애초부터 학교를 졸업할 생각은 없었다. 바보처럼 그저 작품의 완성에만 마음을 빼앗기고 있었다. 무슨 말이라도 들을까봐 그 지인과 H에게조차 내년에는 졸업할 수 있다고 계속 거짓말을 했다. 일주일에 한 번 정도는 제대로 교복을 갖춰 입고 집을 나왔다. 학교 도서관에서 적당히 이 책 저 책 빌려 읽거나 졸기도 하고 아니면 작품을 쓰기도 하다 저녁에는 도서관에서 나와 아마누마로 돌아갔다. H도, 지인도 조금도 의심하지 않았다. 표면적으로는 태평해 보였겠지만 나는 속으로는 조바심이 가득했다. 한순간 한순간 마음이 조급해졌다. 고향에서 오는 생활비가 끊기지 않는 동안 작품을 완성하고 싶었다. 그렇지만 좀처럼 잘되지 않아 썼다가는 찢어버리곤 했다. 나는 꼴사납게 그 악마에게 뼈까지 먹혀 들어가고 있었다.

한 해가 지났다. 나는 졸업하지 않았다. 형들은 격노했고 나는 또 울며불며 매달렸다. 내년에는 반드시 졸업하겠다고 뻔한 거짓말을 했다. 그것말고는 송금을 부탁할 구실이 없었다. 그러나 그런 사정을 누구에게 말할 형편은 아니었다. 공범자를 만들고 싶지 않았다. 나 혼자만을 망나니 아들로 해두고 싶었다. 그러면 주위 사람도 나 때문에 휘말릴 일은 없다고 믿었다. 유서를 만들기 위해서 일 년이 필요하다는 말을 어떻게 할 수 있겠는가. 나를 소위 시적인 몽상가라고 취급하는 것이 무엇보다 싫었다. 형들 역시 그런 비현실적인 얘기를 듣는다면 송금을 하고 싶어도 중지할 수밖에 없을 것이다. 실정을 알면서 송금했다면 세상 사람들은 형들을 나와 공범자라고 생각할 것이다. 그런 것이 싫었다. 나는 진심으로 어디까지나 교활한 동생이 되어 형들을 기만하지 않으면 안 된다고 생각하고 있었다.

    나는 꾸준히 일주일에 한 번은 교복을 입고 등교했다. H나 그 신문사에 다닌다는 지인도 내년의 졸업을 진정으로 믿고 있었다. 나는 궁지에 몰렸다. 앞이 깜깜했다. 나는 악인이 아니다. 사람을 속이는 것은 지옥이다. 다시 이사하여 아마누마 1번지. 3번지에서는 통근이 불편하다는 이유로 지인이 그해 봄에 1번지에 있는 시장 뒤쪽으로 이사를 했다. 역에서 가까운 곳이었다. 우리도 같이 그 집 2층 방을 빌렸다.

    나는 밤마다 잠을 잘 수가 없어 싸구려 술을 마셨다.

점점 엉망이 되어갔다. 병일지도 모른다는 생각이 들었지만 그런 것에 신경 쓸 경황이 없었다. 조금이라도 빨리 종이 가방 속의 작품집을 정리하고 싶었다. 자신밖에 모르는 이기적인 생각이었지만 나는 그것을 모두에게 사죄의 표시로서 남기고 싶었고 그것이 내가 할 수 있는 전부였다. 그해 늦은 가을, 나는 드디어 완성했다. 스물 몇 편 중에서 열네 편만을 선택하고 나머지 작품은 잘못 쓴 원고와 함께 정원에서 깨끗이 태워버렸다.

"왜 태웠어?"

그날 밤 갑자기 H가 물었다.

"필요 없어졌으니까."

나는 웃으며 대답했다.

"왜 태웠냐고?"

같은 말을 반복하면서 H는 울었다.

나는 신변 정리를 시작했다. 빌린 책은 주인에게 돌려주고 편지나 노트도 폐품으로 팔았다. '만년(晚年)'이라 적힌 가방 안에는 별도로 편지 두 통을 넣어두었다. 이제 준비가 끝났다. 나는 매일 밤 싸구려 술을 마시러 나갔다. H와 얼굴을 마주보고 있으면 무서웠던 것이다. 그때쯤 어느 학우에게서 함께 동인지를 만들어보지 않겠느냐는 권유를

받았다. 나는 건성으로 '청화(青い花)'라는 이름이라면 같이 해볼 수 있겠다고 대답했다. 농담처럼 시작하게 된 것인데 몇 명인가가 이에 가세했다. 그 중 둘이 나와 급격히 친해져 이른바 내 청춘의 마지막 정열을 그곳에서 불살랐다. 죽음 전야의 난무였다. 함께 취하고 저능한 학생들을 구타했다. 더럽혀진 여자들을 육친처럼 사랑했다. H의 옷장은 H도 모르는 사이에 점점 비어갔다.

순수 문예지 『청화』는 그해 12월에 나왔다. 단 한 권을 내고 하나둘씩 떠나갔다. 목적 없이 뿜어져 나오는 이상한 열광에 질린 것이다. 남은 것은 세 바보라고 불린 우리 셋뿐이었다. 그렇지만 이 셋은 평생 친구가 되었다. 나는 이 두 친구에게서 배운 것이 많다.

다음해 3월, 다시금 졸업의 계절이 점점 다가왔다. 나는 모 신문사의 입사 시험을 보기도 했다. 동거하는 지인과 H에게도 나는 앞으로 다가올 졸업에 들떠 있는 것처럼 보이도록 행동했다. 신문기자가 되어 평범한 생활을 하겠다고 말해서 집안 분위기를 밝게 했다. 어차피 탄로날 일이라면 조금이라도 더 이 평화를 길게 유지하고 싶어서 나는 열심히 그때뿐인 거짓말을 했다. 나는 언제나 그랬다. 그러다가 궁지에 몰리면 죽음을 생각한다. 결국 모든 것이 탄로나게 되면 사람들을 몇 배나 더 경악시키고 화나게 할 것이 분명한데도 그때그때 마주하는 현실에서 도망치고자 스스로 허위의 지옥을 넓혀가고 있었다. 물론 신문사에 들어갈 리도 만무했고 또 시험에 패스할 리도 없었다. 완벽했던 진지(陳地)도 무너져 내리기 시작했다. 죽을 때가 왔다고 생각했다. 3월 중순에 혼자서 가마쿠라로 갔다. 쇼와 10년〔1935년〕이었다. 나는 가마쿠라의 산에서 목을 매기로 했다.

가마쿠라의 바다에 뛰어들어 소동을 일으킨 지 오 년째가 되던 해의 일이었다. 수영을 할 수 있기 때문에 바다에 빠져 죽는 것은 어렵다는 생각이 들어 더욱 확실한 방법으로 목매다는 쪽을 선택한 것이다. 그렇지만 나는 꼴사납게도 또 실패했다. 소생하고 만 것이다. 내 목은 보통 사람보다 튼튼한가 보다. 목 근육에 붉은 줄만 생긴 채로 나는 멀뚱하게 아마누마의 집으로 돌아왔다.

자신의 운명을 스스로 정리하려 한 것에 실패하고 비틀거리며 집에 돌아오니 그동안 알지 못했던 이상한 세계가 펼쳐져 있었다. H는 현관에서 내 목을 살짝 쓰다듬었다. 다른 사람들도 모두 다행이라고 나를 위로해주었다. 인생의 따뜻함에 나는 아연할 뿐이었다. 큰형도 시골에서 뛰어올라 왔다. 큰형에게 엄한 꾸중을 들었지만 나는 그 형이 너무나 그립고 사랑스러웠다. 나는 태어나서 처음이라고 해도 좋을 정도로 생소한 감정들을 맛보았다.

생각지도 못했던 운명이 계속해서 전개되었다. 그로부터 수일이 지나자 격렬한 복통이 나를 덮쳤다. 배를 따뜻하게 해주면서 만 하루를 참았지만 정신을 잃을 것 같아 의사를 불렀다. 나는 이불에 싸인 채 구급차에 실려 외과병원으로 옮겨졌고 곧바로 수술을 받았다. 맹장염이었다. 병원에 오는 것이 늦은데다 배를 따뜻하게 했던 것이 좋지 않았다. 맹장이 터져 복막으로 농이 새어 들어가 상당히 어려운 수술이 되었다. 수술 후 이틀째에는 목에서 핏 덩어리가 나왔다. 전부터 있던 가슴의 병이 갑자기 표면으로 나타나기 시작한 것이었다. 나는 의사도 포기할 정도로 위험한 상태였지만 악업을 많이 쌓은 탓인지 조금씩 회복되기 시작했다. 한 달 정도 지나자 복부의 수술 상처가 아물고 나는 전염병 환자로 분류되어 세타가와구 교도에 있는 내과병원으로 옮겨졌다. 그러는 동안 H는 계속 내 옆에 붙어 있었다. 그 병원 원장이 큰형의 친구였기 때문에 나는 특별 대우를 받았다. 넓은 병실을 두 개 빌리고 살림 도구를 모두 챙겨서 병원으로 옮겼다. 5월, 6월, 7월, 슬슬 모기들이 나돌기 시작해 병실에 모기장을 칠 무렵 나는 원장의 지시로 치바 현

후나바시쵸로 옮겼다.

바닷가였다. 마을에서 떨어진 곳에 있는 신축 건물을 빌려 살았다. 요양할 생각으로 선택한 곳인데 이곳도 나에게는 좋지 않았다. 지옥의 대동란이 시작되었다. 내과병원에 있을 때부터 나쁜 버릇이 생긴 것이다. 그건 진통제의 남용이었다.

처음에는 의사가 내 상처의 고통을 덜어주기 위해서 아침저녁으로 상처를 치료할 때 처방해주는 정도였는데 그러다가 나는 그 약 없이는 잠들 수 없게 되었다. 나는 불면증의 고통에는 극도로 약했다. 매일 밤 의사에게 사정을 했다. 그때 의사는 내 몸을 포기하고 있었기 때문에 내 부탁이라면 언제든지 들어주었지만 내과병원으로 옮기고 나서는 원장에게 집요하게 부탁을 해야 했다. 원장은 세 번에 한 번은 어쩔 수 없이 내 요구를 들어주었다. 이제 육체적인 이유에서가 아니라 내 초조함을 없애기 위해 진통제가 필요했다. 나에게는 외로움을 견딜 힘이 없었다. 후나바시로 옮기고 나서는 마을 병원으로 가서 불면증과 중독 증상을 호소하며 그 약을 강요했고 끝내는 마음 약한 마을 의사에게 억지로 처방전을 쓰게 하여 마을 약국에서 직접 약을 구입했다. 깨달았을 때에 이미 나는 음습한 중독자가 되어 있었다. 약을 사자니 즉시 돈이 필요했다. 그 무렵 매월 90엔의 생활비를 큰형에게 받고 있었다. 형의 애정에 보답하려는 노력은 무엇 하나 하지 않으면서 스스로의 목숨을 가지고 장난을 치고 있었던 것이다.

그해 가을 이후, 가끔 동경 거리에 모습을 드러냈을 때 내 모습은 이미 지저분한 반미치광이였다. 그 시기의 한심했던 내 모습을 나는 모조리 기억하고 있다. 잊을 수가 없다. 나는 일본 제일의 미천하고 초라한 청년이 되어 있었다. 10엔, 20엔의 돈을 빌리기 위해 동경에 나오는 것이었다. 잡지사의 편집자 면전에서 엉엉 울었던 적도 있다. 너무나 집요하게 매달리자 편집자가 큰 소리로 화를 낸 일도 있다. 그 무렵엔 내 원고도 조금은 돈이 될 가능성이 있었던 것이다. 병원에 누워 있는 사이에 친구들의 노력으로 종이 가방 속의 '유서'가 두서너 개 좋은 잡지에 발표되었고, 그로 인한 반향으로 나타난, 나를 매도하는 말이나 지지하는 말이 모두 나에게는 너무 강렬하고 당혹스러웠다. 그것이 불안과 초조를 부채질하는 바람에 더욱더 약에 의존하게 되었다. 이것저것 너무 괴로운 나머지 잡지사에서 편집자나 사장에게까지 면회를 요청하여 원고료를 선불로 달라고 조르기도 했다. 스스로의 고뇌에 빠져 다른 사람들까지도 힘들게 하며 살아간다는 뻔한 사실을 깨닫지 못했다. 종이 가방 속 작품도 어느새 한 편도 남김없이 다 팔아치우고 없었다.

이제 더는 아무것도 팔 것이 없었다. 뚝딱 새 작품을 쓸 수도 없었다. 이미 재료가 바닥나서 아무것도 쓸 수가 없는 상태였다. 그 무렵 문단은 나를 "재능은 있는데 덕이 없다"고 평가했다. 하지만 나 자신은 "덕의 씨는 있지만 재능이 없다"고 믿고 있었다. 내게는 소위 말하는 문재(文才)라는 것은 없다. 몸으로 부딪치는 것 외에 다른 방법을 알지 못했다. 융통성이 없는 촌놈이다. 하룻밤 밥 한 끼를 신세지고 그것이 부담스러워 어쩔 줄 몰라 하면서도 반대로 자포자기에 빠져 파렴치한 행동만 하게 되는 타입이다. 나는 엄하고 보수적인 집에서 자랐다. 빚은 최악의 죄였기 때문에 빚에서 벗어나려 하다 더욱 큰 빚을 지게 되었다. 약물 중독은 빚의 부끄러움에서 벗어나려 할수록 더욱 심해져갔다. 약국에 지불할 약값도 늘어만 갔다. 나는 한낮의 긴자 거리를 훌쩍거리면서 걸었던 적도 있다. 돈이 필요했다. 나는 스무 명에 가까운 지인들을 찾아다니며 빼앗듯이 돈을 빌렸다. 죽을 수가 없었다. 그 빚을 깨끗이 다 갚은 후에 죽고 싶었다.

이제 아무도 나를 상대해주지 않았다. 후나바시로 옮긴 지 일 년이 지난 쇼와 11년(1941년) 가을에 나는 자동차에 실려 동경 이타바시의 어느 병원으로 옮겨졌다. 하룻밤 자고 일어나니 나는 뇌 병동의 어느 병실에 누워 있었다.

그로부터 한 달 정도 지난 어느 맑은 가을날 오후 겨우 퇴원 허가가 나왔다. 나는 마중 온 H와 둘이서 자동차를 탔다.

한 달 만에 만났지만 둘 다 말없이 차를 타고 한참을 달렸다. 잠시 후 H가 입을 열었다.

"이제 약은 끊을 거지?"

화난 말투였다.

"나는 지금부터 아무것도 믿지 않을 거여."

병원에서 유일하게 생각해오던 말을 했다.

"그래."

현실적인 H는 내 말을 금전적인 의미로 해석했는지 고개를 끄덕이며 말했다.

"사람들에게 의지해서는 안 되지."

"너도 믿지 않을 거여."

H는 어색한 표정을 지었다.

내가 입원해 있을 때 후나바시의 집은 철거되었고 H는

스기나미구 아마누마 3번지에 있는 어느 아파트의 방 하나를 빌려 살고 있었다. 나는 그곳으로 갔다. 잡지사 두 곳에서 원고 청탁이 들어와 있어 퇴원한 바로 그날 밤부터 글을 쓰기 시작했다. 두 편의 소설을 쓴 원고료를 받아 아타미로 가서 한 달 동안 술만 마셨다. 앞으로 어떻게 해야 좋을지 알 수가 없었다. 앞으로 삼 년 간은 큰형에게 매달 생활비를 받기로 되어 있었지만 입원 전의 태산 같은 부채는 고스란히 남아 있었다. 아타미에서 좋은 소설을 쓰고, 거기서 생긴 돈으로 가장 마음에 걸리는 부채만이라도 갚아야겠다는 계획을 세웠지만 소설을 쓰기는커녕 주위의 황량함을 참지 못하고 그저 술만 마실 따름이었다. 나는 이제 끝났다고 생각했다. 아타미에서는 오히려 부채가 늘어났다. 무슨 일을 해도 안 된다. 나는 완전한 패배자였다.

나는 아마누마의 아파트로 돌아와 모든 희망을 포기한 망가진 육체를 눕혔다. 벌써 스물아홉 살이었다. 아무것도 없었다. 내게는 솜옷 한 장, H 역시 입고 있는 옷밖에 남지 않았다. 여기가 더는 떨어질 곳도 없는 가장 밑바닥일 거라고 생각했다. 큰형이 매달 보내주는 생활비에 의지하며 벌레처럼 조용히 생활했다.

그렇지만 그것은 아직 밑바닥이 아니었다. 그해 초봄

에 나는 어느 서양화가에게 생각지도 못했던 상담을 받았다. 무척 가깝게 지낸 지인이었다. 나는 그의 말을 듣고 질식할 것 같았다. H가 이미 슬픈 잘못을 저지르고 말았다. 그 불길한 병원에서 나오던 날, 차 안에서 아무것도 아닌 나의 추상적인 사투리에 무척 당황하던 H의 모습이 문득 떠올랐다. 나는 H에게 많은 고생을 시켰지만 살아 있는 동안은 H와 함께할 생각이었다. 나의 애정 표현이 서툴러서 H도, 그 화가도 그것을 느끼지 못했던 것이다. 상담을 받았지만 나로서는 어찌할 수가 없었다. 나는 누구에게도 상처를 주고 싶지 않았다. 셋 중에 가장 연장자인 까닭에 나라도 침착하게 훌륭한 결론을 내려야 한다고 생각은 했지만 역시 너무나 충격적인 일에 당황하다가 오히려 H에게 경멸당했을 정도였다. 아무것도 할 수 없었다. 그러는 사이에 서양화가는 점점 달아나려고 했다. 나는 괴로운 가운데서도 H를 가엾게 생각했다. H는 이미 죽을 생각을 하고 있는 것 같았다. 어떻게도 할 수 없게 되었을 때 나 역시 죽음을 생각한다. 둘이서 함께 죽자. 신도 용서할 것이다. 우리들은 사이 좋은 형제처럼 수상 온천으로 여행을 떠났다. 그날 밤, 우리 둘은 산에서 자살을 시도했다. H를 죽게 해서는 안 된다고 생각하여 나는 그렇게 노력했다. H는 살았다. 나도 실패했다. 약을 사용한 것이다.

드디어 우리들은 헤어졌다. 나에게는 H를 잡을 용기가 없었다. 버렸다고 생각해도 상관없다. 참으려고 해봐도 인도주의가 가져오는 허무 때문에 뒤따를 추악한 지옥이 눈에 빤히 보이는 듯한 기분이었다. H는 혼자서 시골 어머니에게로 돌아갔고 서양화가의 소식은 알 수 없었다. 나는 혼자서 아파트에 남아 자취 생활을 시작했다. 소주를 배웠고 이가 하나둘씩 빠지기 시작했다. 나는 초라한 얼굴이 되었다. 아파트에서 가까운 하숙집으로 옮겼다. 최악의 하숙집이었다. 나는 그것이 나에게 가장 잘 어울린다고 생각했다. 작은 하숙방에서 혼자 술을 마시고 취하면 하숙집을 나와 문기둥에 기대어 엉터리 시를 읊조리는 일이 많았다. 두셋 정도의 아주 친한 친구 외에는 아무도 나를 상대해주지 않았다. 내가 세상 사람들에게 어떻게 보이는지 조금쯤은 알 수 있었다. 무지하고 교만한데다 백치이고 하등 동물 같은 교활한 호색한에, 가짜 천재에, 사기꾼. 사치스런 생활을 하다 돈이 바닥나면 자살 소동을 벌여 시골의 가족들을 위협하고, 정숙한 아내를 개나 고양이처럼 학대하다 드디어는 내쫓았다. 그 밖의 많은 이야기가 조소, 혐오, 분노 속에 세상 사람들의 입으로 전해졌고 나는 완전히 매장되어 폐인 대우를 받고 있었다. 나는 그 사실을 깨닫고 하숙집에서 두문불출했다. 술이 없는 밤에는 소금 센베〔일본의 전통 쌀과자〕를 씹으면서 탐정 소설을 읽는 것이 조금씩 즐거워졌다. 잡지사에서도 신문사에서도 원고 청탁은 없었다. 나 또한 전혀 쓰고 싶지 않았다. 아니 쓸 수가 없었다. 누구도 빚을 독촉하는 사람은 없었지만 나는 밤마다 꿈에서조차 괴로워했다. 나는 이미 서른이 되어 있었다.

무엇이 계기가 되어 그렇게 되었을까? 나는 살아야 한다고 생각했다. 고향집의 불행한 소식이 나에게 힘을 준 것일까. 큰형이 국회의원에 당선되었지만 그 직후 선거법 위반으로 기소되었다. 나는 큰형의 엄격한 인격을 존경하고 있다. 주위에 나쁜 사람이 있었음에 틀림없다. 누나가 죽고 조카가 죽고 사촌이 죽었다. 나는 그 소식들을 풍문으로만 전해 들었다. 이미 오래 전부터 고향 사람들과는 모든 소식을 끊고 지냈던 것이다. 연이어 터지는 고향의 불행이 누워 있던 내 상반신을 조금씩 일으켜주었다.

나는 고향집을 부끄러워하고 있었다. 부잣집 아들이란 핸디캡 때문에 자포자기했던 것이다. 부당하게 많은 혜택을 받고 있다는 공포심이 어릴 적부터 나를 비굴하게 하고 염세적으로 만들었다. 그래서 부잣집 아들은 부잣집 아들답게 지옥에 떨어지지 않으면 안 된다는 신앙을 갖게 되었다. 달아나는 것은 비겁하다. 훌륭한 집안의 아들로서 죽고 싶다고 생각했다. 그렇지만 자고 일어나 보니 부잣집 아들은커녕 입고 나갈 옷조차 없는 천민이었다. 고향에서 보내오는 생활비도 올해를 마지막으로 끊길 것이다. 이미 호적은 따로 나와 있었다. 게다가 내가 태어난 고향집도 지금은 불행의 바닥을 걷고 있었다. 나에게는 이미 사람들에게 부끄러워할 만한 특권이 무엇 하나 남아 있지 않았다. 오히려 마이너스뿐이다. 그 자각과 함께 하숙방에서 죽을 기백도 없이 뒹구는 사이에 이상하게도 몸이 눈에 띄게 건강해졌다는 사실도 크게 한몫을 했다. 또 나이, 전쟁, 역사관의 동요, 태만에 대한 혐오, 문학에 대한 겸손, 신은 있다는 생각 등 여러 가지 것을 들 수 있다. 하지만 한 사람의 전기(轉機)를 설명한다는 것은 어딘지 모르게 헛된 구석이 있는 법이다. 그 설명이 아무리 정확한 것이라 해도 반드시 어딘가에는 거짓의 요소가 있게 마련이다. 사람이란 항상 그렇게 생각한 대로 행로를 선택하지 않기 때문이다. 대부분의 사람들은 자신도 모르게 다른 길을 걷고 있다.

　나는 서른 살의 초봄, 비로소 진심으로 문필 생활을 지원했다. 생각해보면 늦은 감이 있는 지원이었다. 나는 제대로 된 도구 하나 없는 하숙방에서 열심히 글을 썼다. 하숙집 밥통에 저녁밥이 남으면 그걸로 몰래 주먹밥을 만들어 심야의 공복을 대비하며 글을 썼다. 이번에는 유서로서가 아니라 살기 위해 글을 썼다. 한 선배가 나를 격려해주었다. 세상 사람들이 모두 나를 미워하고 조소해도 그 선배 작가만은 변함없이 나를 지지해주었다. 나는 그 고귀한 신뢰에 보답하지 않으면 안 된다.

이윽고 「노인 버리기」라는 작품이 완성되었다. H와 수상 온천으로 죽으러 갔던 일을 솔직하게 적었다. 이것은 금방 팔렸다. 잊지 않고 내 작품을 기다려준 편집자가 한 사람 있었던 것이다. 나는 그 원고료를 쓸데없이 낭비하지 않고 먼저 전당포에 가서 외출복을 하나 찾아 새 기분으로 고슈의 산으로 여행을 나섰다. 기분을 새롭게 한 후 장편 소설을 쓸 생각이었다. 고슈에서는 만 일 년을 있었지만 장편 소설은 완성하지 못했고 단편을 열 편 이상 써서 발표했다. 여기저기서 나를 지지하는 목소리가 들려왔다. 문단을 고마운 곳이라고 생각했다. 일생을 그곳에서 살 수 있는 자는 행복하다고 생각했다.

다음해 쇼와 14년〔1939년〕 1월에 나는 어느 선배의 소개로 평범한 중매 결혼을 했다. 아니 평범하지는 않았다. 나는 무일푼으로 식을 올렸다. 고후 시 변두리에 월세 6엔 50전에 방 두 개짜리 작은 집을 빌렸다. 나는 연이어 두 권의 창작집을 출판했다. 조금은 여유가 생겨 마음에 걸리던 부채도 조금씩 정리해 나갔지만 좀처럼 쉬운 일은 아니었다. 그해 초가을에 동경 시외의 미타카로 이사했다. 이사한 곳은 이제 동경 시가 아니다. 내 동경에서의 생활은 그 더러운 하숙방을 나와 가방 하나 달랑 들고 고슈로 갔을 때 이미 끝이 났다.

나는 지금 원고 생활자이다. 여행을 가서도 숙박부의 직업란에 당당하게 소설가라고 쓴다. 괴로움이 있어도 좀처럼 표현하지 않는다. 지난날 이상으로 괴로울지라도 나는 웃음으로 가장하고 있다. 바보들은 내가 세상에 물들었다고 말한다. 무사시노에서 타올랐다 지는 석양은 무척 크다. 나는 석양이 보이는 작은 방에 책상다리를 하고 앉아 외롭게 식사를 하면서 아내에게 말했다.

"나는 이런 남자라서 출세도 할 수 없고 부자도 되지 못해. 하지만 이 집 하나는 무슨 일이 있어도 지켜갈 거야."

그때 문득 동경 팔경이 떠올랐다. 과거가 주마등처럼 가슴속을 맴돌았다.

여기는 동경 시외이지만 바로 근처에 있는 이노가시라 공원도 동경의 명소 가운데 하나로 꼽히니까 이 무사시노의 석양을 동경 팔경 속에 포함시켜도 무리가 없을 것이다. 나머지 7경을 정하려고 나는 가슴속 앨범을 펼쳐보았다. 그러나 이 경우 예술이 되는 것은 동경의 풍경이 아니었다. 풍경 속의 나였다. 예술이 나를 기만한 것인지 내가 예술을 기만한 것인지. 결론은, 예술은 나다.

도츠카의 장마. 혼고의 황혼. 간다의 제례(祭禮). 가시와기의 첫눈. 핫쵸보리의 불꽃놀이. 시바의 만월. 아마누마의 여치. 긴자의 번개. 이타바시 뇌병원의 코스모스. 오기쿠보의 아침 이슬. 무사시노의 석양. 어두운 추억의 꽃잎이 하나둘씩 떨어져 정리하기가 어려웠다. 게다가 억지로 8경을 맞춘다는 것도 무리인 듯했다. 그러다 이 봄과 여름에 2경을 더 발견하고 말았다.

올해 4월 4일에 나는 고이시가와에 사는 대선배인 S씨를 찾아갔다. S씨는 오 년 전 내가 병에 걸렸을 때 걱정을 많이 끼쳤고, 결국에는 나를 무섭게 나무라고 절교까지 선언한 분인데 올해 설날에 찾아 뵌 후 용서를 빌고 화해를 했다. 그러고는 계속 만나지 못하고 있었다. 그날 친구의 출판기념회 발기인이 되어달라고 부탁하기 위해 오랜만에 찾아 뵌 것이다. S씨는 마침 집에 계셨고 부탁을 들어주기로 했다. 그리고 나서 그림과 문학에 대해서 이야기를 나누었다.

"내가 자네에게 조금 심했던 건 아닌가 하는 생각도 들었네만 지금 와서 보니 오히려 그것이 좋은 결과를 만든 것 같아 많이 기쁘다네."

항상 그랬지만 무거운 말투로 그렇게 말씀하셨다. 우리는 함께 우에노로 나갔고 미술관에서 그림 전람회를 보았다. 시답잖은 그림이 많았다. 나는 어느 그림 앞에 멈춰 섰다. S씨도 옆에 오셔서 그 그림에 얼굴을 가까이 대고는, "너무 허술하군" 하고 무심하게 말씀하셨다.

"그렇죠?"

나도 분명하게 말했다.

H와 말썽이 있었던 그 서양화가의 그림이었다.

미술관에서 나와 가야바쵸에서 있었던 「아름다운 전쟁」이라는 영화 시사회에 함께 간 후 긴자로 나가 차를 마시면서 하루를 보냈다.

저녁이 되었다. S씨가 신바시 역에서 버스를 타고 돌아가겠다고 해서 신바시 역까지 함께 걸었다. 도중에 나는 S씨에게 동경 팔경에 대한 계획을 말했다.

"무사시노의 석양은 대단히 크더군요."

S씨는 신바시 역 앞 다리 위에 멈춰 서서, 긴자의 다리 쪽을 가리키며 낮은 목소리로 말했다.

"한 폭의 그림 같군."

"네?"

나도 멈춰 서서 바라보았다.

"참 좋은 그림이야."

S씨는 또 한 번 혼잣말을 했다.

보이는 풍경보다도 그 풍경을 보고 있는 S씨와 파문당한 어리석은 제자의 모습을 동경 팔경의 하나로 끼워주기로 했다.

그로부터 두 달이 지나, 나는 또 하나의 좋은 소식을 들었다. 어느 날 처제에게서 속달이 왔다.

"드디어 T가 내일 출발하게 되었습니다. 시바 공원에서 잠깐 면회할 수 있다고 하네요. 내일 아침 아홉 시에 시바 공원으로 와주십시오. 형부께서 T에게 제 마음을 잘 전해주시기 바랍니다. 저는 부끄러워서 T에게 제 마음을 말할 수가 없습니다."

처제는 스물두 살인데 몸이 작아 어린아이처럼 보인다. 작년에 T군과 선을 보고 약혼을 했지만 T군은 곧 소집

되어 동경의 어느 부대로 들어갔다. 나도 군복을 입은 T군을 만나 삼십 분 정도 이야기했던 적이 있다. 시원시원하고 기품 있는 청년이었다. 내일 드디어 전쟁터로 출발하게 된 모양이다. 그 속달이 오고 두 시간이 지나기 전에 그녀에게서 속달이 한 통 더 왔다.

"잘 생각해보니 T에게는 아무 말씀 하지 않으셔도 좋을 것 같습니다. 배웅만 부탁합니다."

나와 아내는 소리 내어 웃었다. 혼자서 이것저것 고민하는 것이 눈에 보이는 듯했다. 그녀는 이삼 일째 T군 집에서 양친을 돕고 있었다.

다음날 아침, 우리는 일찍 일어나서 시바 공원으로 나갔다. 조조사(增上寺) 경내는 배웅 나온 사람들로 가득했다. 카키색 단복 차림으로 부지런히 인파를 휘젓고 돌아다니는 노인을 붙잡고 물어보니 T군 부대는 입구에 잠깐 멈추고 5분 간 휴식한 후 바로 출발한다고 했다. 나는 경내에서 나와 입구 쪽에 서서 T군 부대가 도착하기를 기다렸다. 잠시 후 처제도 작은 깃발을 들고 T군의 부모님과 함께 도착했다. T군의 부모님과는 첫 대면이지만 아직 확실하게 친척이 된 것도 아닌데다 사교적이지 못한 내 성격 때문에 제대로 인사도 못하고 그냥 가볍게 목례만 한 후 처제에게 말을 걸었다.

"잘 지내고 있나?"

"잘 지내요."

처제는 밝게 웃어 보였다.

T군을 배웅 나온 사람은 상당히 많았다. T군 이름이 적힌 커다란 깃발이 여섯 개나 늘어서 있었다. T군 집에서 경영하는 공장의 종업원들도 일을 쉬고 배웅을 나왔다. 나는 일행과 떨어져 뒤쪽에 서서 내 모습을 비하하고 있었다. T군의 집은 부자인데 나는 이도 다 빠지고 복장도 초라한 가난한 소설가이다. T군의 부모님이 아들 약혼녀의 지저분한 친척이 왔다고 생각할 것 같은 기분이 들었다. 처제는 내 쪽으로 와서 말을 걸었지만 "오늘은 처제의 역할이 중요해, 그쪽 부모님과 같이 있어"라고 말하며 그쪽으로 보냈다. T군의 부대는 좀처럼 오지 않았다. 열 시, 열한 시, 열두 시가 되어도 오지 않았다.

여학교의 수학여행단이 탄 관광버스가 몇 대인가가 눈앞을 지나간다. 버스 문에 그 여학교의 이름이 쓰여진 종이가 붙어 있다. 고향에 있는 여학교의 이름도 있었다. 큰형의 장녀도 그 여학교에 다닌다고 했으니까 저 차에 타고 있을지도 모른다. 동경의 명소 조죠사 앞에 숙부가 서 있어도 숙부인지도 모르고 무심히 바라보다 지나칠지 모른다는 생각이 들었다. 스무 대 정도가 연달아 눈앞을 지나가고 그때마다 버스의 여차장이 꼭 나를 가리키는 것처럼 무엇인가를 설명하고 있었다. 처음에는 아무렇지도 않은 척 태연했지만 점점 포즈를 취해보기도 하고 팔짱을 껴보기도 하는 사이에 나 자신이 동경의 명소 중 하나가 되어버린 듯한 기분조차 들었다.

한 시 가까이 되어 T군의 부대가 도착했다. T군은 운전을 할 줄 알아서 트럭을 운전하고 있었다. 나는 사람들 뒤에서 멀뚱하게 바라보았다.

"형부."

어느새 왔는지 옆으로 온 처제가 낮은 소리로 날 부르며 내 등을 세게 밀었다. 정신을 차리고 보니 운전대에서 내린 T군이 제일 뒤에 서 있는 나를 발견하고 경례를 하고 있었던 것이다. 그래도 일순 나에게 하는 것인지 의심스러워 주위를 둘러보았지만 역시 나에게 경례하고 있는 것이 틀림없었다. 나는 처제와 함께 사람들을 제치고 T군 앞으로 나아갔다.

"처제 일은 걱정 마시게. 아직 철은 없지만, 중요한 게 무엇인지는 잘 알고 있으니까. 우리 모두 잘 지켜주겠네."

나는 전에 없이 조금 웃으면서 말했다. 처제의 얼굴을 보니 긴장하고 있는 것 같다. T군은 얼굴을 조금 붉히면서 조용히 다시 경례했다.

"처제는 할 말 없어?"

이번에는 나도 웃으면서 처제에게 물었다.

"없어요."

처제는 대답을 하며 얼굴을 숙였다.

바로 출발 명령이 떨어졌다. 나는 다시 사람들 속으로 숨어들어갔지만 다시 처제에게 등을 떠밀려 이번에는 운전대 아래까지 가고 말았다. 그곳에는 T군의 부모님이 서 있을 뿐이다.

"안심하고 다녀오게."

나는 큰 소리로 말했다. 갑자기 T군의 부친이 돌아서서 내 얼굴을 보았다. 이 녀석은 누군가 하고 불쾌하게 생각하는 기색이 언뜻 눈초리에 비쳤지만 나도 그때만은 당당하게 숨지 않았다. 동경 명소는 더욱 큰 소리로 "여기 일은 걱정하지 말게!" 하고 소리쳤다. T군과 처제가 결혼한 후 혹시라도 어려운 일이 생긴다면 나는 체면 같은 것은 따지지 않는 무법자처럼 반드시 두 사람의 마지막 힘이 되어주리라 다짐했다.

조죠사에서 1경을 얻고 나니, 구상할 작품도 꽉 찬 달처럼 요약된 듯한 기분이 들었다. 그로부터 수일 후 동경시의 대지도와 펜, 잉크, 원고지를 들고 용기를 내어 이즈로 여행을 떠났다. 이즈의 온천 숙박지에 도착해서는 어떻게 되었던가?

이미 그곳을 떠나온 지 열흘이 지났건만 아직 그 온천 숙박지에 있는 것 같다. 무얼 하고 있는 것인지…….

駆込み訴え | 유다의 고백

예, 말씀드리겠습니다, 나으리. 그 사람은 정말 지독하게 못된 놈입니다. 예, 나쁜 놈이라니까요. 아아, 그냥 둘 수가 없어요. 도저히 살려둘 수가 없습니다.

예, 그러죠. 차근차근 말씀드리겠습니다. 그 사람을 그냥 두어선 안 됩니다. 그는 이 세상에 암적인 존재란 말입니다. 예, 모든 것을 숨김없이 말씀드리겠습니다. 저는 그 사람이 어디 있는지 알고 있으니 지금 당장이라도 안내해드리겠습니다. 그를 갈기갈기 찢어 죽여주십시오.

그는 제 주님이자 스승인데 저와는 동갑인 서른네 살입니다. 그는 저보다 겨우 두 달 일찍 태어났을 뿐입니다. 대단한 차이도 아니죠. 사람과 사람 사이에 그렇게 심한 차별은 있을 수가 없단 말입니다. 그런데도 오늘 이 시간까지 그 사람이 저를 얼마나 혹독하게 부려먹었는지, 저를 얼마나 조롱했는지 모릅니다. 아아, 저는 참을 만큼 참았습니다. 그러나 이제 더는 참을 수 없어요. 저도 인간인 만큼 화를 내고 싶을 때도 있습니다.

제가 지금까지 얼마나 그 사람을 감싸고 보살폈는지 아무도 모를 겁니다. 그 사람 자신도 모를 거라고요. 아니, 그 사람은 알고 있어요! 너무도 잘 알고 있기에 더욱 나를 괴롭히고 무시하는 겁니다. 그 사람은 거만하니까요. 그는 저 같은 것에게 신세를 지는 자기 자신을 불명예스럽게 생각하고 있는 것입니다. 그 사람은 바보 같을 정도로 자존심이 세니까요. 저 같은 것에게 신세를 진다는 것에 대해 뭔가 스스로 열등감을 느끼고 있는 거라고요. 다른 사람 앞에서 자신이 뭐든 스스로 해낼 수 있다는 걸 보이고 싶어 안달하는 사람이니까요. 어리석게도 세상이 그렇게 쉬운 것이 아니거늘. 이 세상을 살아가려면 아무래도 누군가에게 머리를 숙여야만 하고 그렇게 한 걸음 한 걸음 고생스럽게 다른 사람을 억누르는 것밖에는 달리 방법이 없잖아요. 한데, 그 사람이 대체 무엇을 할 수 있단 말입니까? 아무것도 할 줄 모릅니다. 제가 보기에는 그저 새파란 애송이에 불과합니다. 만약에 제가 없었다면 그 사람은 무능하고 멍청한 제자들과 저 들판 어딘가에서 진작에 객사했을 게 틀림없어요.

"여우도 굴이 있고 공중에 나는 새도 거처가 있으되 오직 인자는 머리 둘 곳이 없도다."

그렇지, 바로 그겁니다. 스스로 자백하고 있지 않습니까? 베드로가 뭘 할 수 있겠습니까? 야고보, 요한, 안드레, 도마 같은 얼간이들이 모여 그 뒤를 쫄쫄 따라다니며 등골이 오싹할 정도의 아부를 침이 마르도록 지껄이면서 천국이 어쩌니 저쩌니 하는 어리석은 얘기를 믿고 열광하는 것입니다. 바보 같은 놈들, 그 천국이 가까워지면 그 녀석들 모두 자기가 높은 자리에 앉아 좌우에서 그를 호위하게 될 줄 아는가 봅니다.

그날도 먹을 빵이 부족해서 저는 그 사람에게 설교를 시키고 군중들에게서 몰래 헌금을 걷고 마을 부자들에게 공물을 뜯어내어 잘 곳에서부터 먹을 것, 입을 것까지 수고를 마다 않고 정성을 다했는데 그 사람과 멍청한 제자들은 감사의 말 한마디도 건네지 않더라고요. 감사는커녕 그 사람은 저의 이 날마다의 숨은 수고를 모른 척하고는 다섯 개의 빵과 생선 두 마리로 눈앞의 군중 모두를 먹이라는 철없는 주문을 하더라고요. 제가 뒤에서 먹을 것을 구하려고 백방으로 뛰어 겨우 그만큼의 식량을 준비할 수가 있었습니다. 그러니까 저는 지금까지 그 사람의 기적을 돕고 위험한 마술의 조수 노릇을 몇 번이고 해온 것이죠. 제가 이래봬도 결코 구두쇠는 아니랍니다. 오히려 대단한 호사가죠.

제가 보기에 그는 아름다운 사람입니다. 어린아이처럼 욕심이 없지요. 그래서 저는 하루하루 빵을 사기 위해 힘들게 벌어놓은 돈을 한 푼도 안 남기고 불필요하게 낭비해버리곤 했답니다. 하지만 저는 그를 원망하지 않습니다. 그 사람은 아름다운 사람이니까요. 저야 본래 가난한 상인이지만 사상가(思想家)를 이해하려고 노력하고 있습니다. 그러니 그 사람이 제가 고생해서 모아놓은 한 푼 한 푼을 아무리 헛되이 날려버린다 해도 저는 아무렇지도 않습니다. 그런 건 아무렇지도 않지만 그래도 가끔씩 부드러운 말 한마디 정도는 걸어주면 좋으련만 그 사람은 언제나 쌀쌀맞은 명령만 내립니다. 한번은 그 사람이 어느 봄날 해변을 걷다가 문득 제 이름을 불렀습니다.

"네가 수고가 많구나. 너의 외로움은 나도 잘 안다만 그렇다고 언제나 그렇게 우울한 얼굴을 하고 있으면 안 된다. 외로울 때 외로운 표정을 짓는 것은 위선자나 하는 짓이다. 자신의 외로움을 다른 사람이 알아주기를 바라고 일부러 얼굴색을 바꾸는 것은 좋지 않은 짓이다. 진정으로 신을 믿는다면 외로울 때에도 아무렇지 않은 척 얼굴을 깨끗이 씻고 머리를 깨끗이 빗어 넘기고 웃음을 지어야 한다. 모르겠느냐. 다른 사람이 네 외로움을 알아주지 않아도 눈에 보이지 않는 곳에 계신 네 진짜 아버지가 네 쓸쓸함을 알아주신다면 그걸로 족한 것이 아니냐. 그렇지 않느냐. 외로움은 누구나 가지고 있단다."

그의 말씀을 듣고 저는 왠지 소리 내어 울고 싶어졌습니다. 아뇨, 저는 하늘에 계신 아버지가 알아주시지 않아도, 세상 사람 아무도 몰라주어도 그저 당신 한 분만이 알아주신다면 그걸로 족합니다. 저는 당신을 사랑합니다. 다른 제자들이 당신을 아무리 깊이 사랑한다고 해도 그것과는 비교도 할 수 없을 만큼 당신을 사랑합니다. 누구보다 당신을 사랑하고 있습니다. 베드로나 야고보 같은 이들은 당신을 따라다니면 뭔가 그저 좋은 일이 있지 않을까 하는 생각뿐이란 말입니다. 하지만 저는 알고 있습니다. 당신을 따라다녀도 얻을 것은 아무것도 없다는 것을. 그런데도 저는 당신과 떨어질 수가 없습니다. 저는 대체 어찌된 걸까요. 당신이 이 세상에서 사라지면 저도 그 즉시 따라 죽을 겁니다. 혼자 남아 이 세상을 살아갈 수가 없어요. 저에게는 항상 혼자서 남몰래 생각하는 것이 있답니다. 그건 바로 당신이 저 쓸모없는 제자들 모두와 떨어져 하늘에 계신 아버지에 대한 가르침도 그만두고 얌전한 한 사람의 시민으로 돌아와 어머니이신 마리아 님과 저, 이렇게 셋이서 영원히 조용한 일생을 보내는 것입니다. 저희 마을에는 아직 나이 드신 어머니, 아버지가 사시는 조그마한 저의 집이 남아 있습니다. 제법 넓은 복숭아밭도 있습니다. 지금 같은 봄날이면 복숭아꽃이 장관이랍니다. 제가 언제나 곁에서 모시겠습니다. 거기서라면 평생 편안히 지내실 수 있을 겁니다. 좋은 배필도 만나시고요. 제가 이렇게 말했더니 그 사람은 살짝 웃었습니다.

"베드로와 시몬은 어부다. 아름다운 복숭아밭도 갖고 있지 않다. 야고보와 요한도 가난한 어부다. 그들에게는 평생을 편안히 보낼 수 있을 만한 그런 땅도 없다."

그 사람은 혼잣말처럼 낮게 중얼거리다 다시금 조용히 해변을 걷기 시작했습니다. 그 전에도 그 후로도 그 사람과 조용히 얘기를 나누어본 것은 그때 딱 한 번뿐이었고 이후로는 나에게 결코 속마음을 털어놓은 적이 없었습니다.

나는 그 사람을 사랑합니다. 그가 죽으면 나도 같이 죽을 겁니다. 그 사람은 다른 누구의 것도 아닌 내 것입니다. 그 사람을 다른 사람에게 넘겨야 한다면 넘기기 전에 내가 그 사람을 죽이고 말겠어요. 아버지도 어머니도 태어난 땅도 버리고 나는 지금까지 그 사람을 따라왔습니다. 나는 천국을 믿지 않습니다. 하느님도 믿지 않고 그 사람의 부활도 믿지 않습니다. 그리고 어째서 그 사람이 이스라엘의 왕이란 말입니까! 그 멍청한 제자들은 그 사람이 하느님의 아들이라고 믿으며 그가 얘기하는 하느님 왕국의 복음이라는 것을 듣고 기뻐 날뜁니다. 그러나 저에게는 머지않아 실망할 그들의 모습이 보입니다.

"자기를 높이는 자는 낮아지고, 자기를 낮추는 자는 높아질 것이다."

그 사람은 그렇게 약속하셨지만 세상이 그렇게 호락호락하던가요! 그 사람은 거짓말쟁입니다. 말 한 마디 한 마디가 하나에서 열까지 맞지 않습니다. 그 말들을 나는 절대로 믿지 않습니다. 내가 믿는 것은 그 사람의 아름다움뿐입니다. 그렇게 아름다운 사람은 이 세상에 다시 없습니다. 나는 그 사람의 아름다움을 순수하게 사랑하고 있을 뿐 어떤 대가도 바라지 않습니다. 그 사람을 따르다가 고대하던 천국에 가면 그때야말로 좌우에서 멋지게 뭔가를 해보겠다는 그런 천박한 생각은 아예 품고 있지 않습니다. 나는 그저 그 사람과 떨어져 있고 싶지 않을 뿐, 그저 그 사람 곁에서 목소리를 듣고, 그 모습을 바라볼 수 있다면 그걸로 족합니다. 그리고 가능하다면 그가 설교 따위는 그만두고 나와 둘이서 남은 생을 살아간다면, 아아, 그렇게만 된다면! 그러면 나는 얼마나 행복할까요. 나는 지금 현세의 이 기쁨만을 믿습니다. 다음 세상의 심판 따윈 조금도 무섭지 않습니다. 그 사람은 어째서 보수도 바라지 않는 나의 순수한 애정을 받아주지 않는 걸까요.

아아, 그 사람을 죽여주십시오, 나으리. 그 사람이 있는 곳을 알고 있으니 제가 안내해드리겠습니다. 그 사람은 저를 멸시하고 증오하고 있습니다. 저는 미움 받고 있단 말입니다. 저는 그 사람과 제자들의 식사를 준비하고 그들을 굶주림에서 구하고 있는데 어째서 그토록 저를 차갑게 대한단 말입니까. 제 얘기 좀 들어보십시오. 그것은 엿새 전의 일이었습니다. 그 사람이 베타니아에 있는 시몬의 집에서 식사를 하고 있는데 그 마을의 마르다란 여인의 여동생인 마리아가 나르드 향유가 가득 담긴 항아리를 안고 그 방으로 들어왔습니다. 그녀는 갑자기 그 향유를 그 사람 머리에 확 퍼부어 발까지 적셔버리고 말았습니다. 그런데도 미안하다는 사과는커녕 가만히 주저앉아 자신의 머리카락으로 그 사람의 기름에 젖은 양쪽 발을 정성껏 닦는 것이었습니다. 향유 냄새가 방 안 가득 퍼지는 가운데 묘한 분위기가 흐르는데 저는 왠지 너무나도 화가 나서 "실례되는 짓을 당장 멈추어라!" 하고 그녀를 큰 소리로 꾸짖었습니다.

"이것 봐라. 이렇게 옷이 다 젖어버리지 않았느냐. 게다가 이런 값비싼 기름을 다 쏟아 버리다니 아깝지도 않으냐! 네가 얼마나 어리석은지 알겠느냐. 이 정도의 기름이면 삼백 데나리온〔고대 로마의 은화 단위로 노동자의 하루 품삯〕은 나갈 것이다. 이 기름을 가져다 팔아 그 돈을 가난한 사람들에게 나누어 주면 그들이 얼마나 기뻐하겠느냐. 이런 낭비를 일삼다니 정말 한심하구나."

저는 그녀를 실컷 꾸짖었습니다. 그 사람은 엄숙하게 바라보고 있더니 이렇게 말했습니다.

"이 여인을 꾸짖어서는 안 된다. 이 여인은 대단히 좋은 일을 하였다. 가난한 자들에게 돈을 나누어 주는 것은 앞으로 너희들이 얼마든지 할 수 있는 일이 아니냐. 이제 나는 더는 그럴 수가 없게 되었다. 그 이유는 묻지 말거라. 이 여인만이 알고 있다. 이 여인은 내 몸에 향유를 부음으로써 내 장례 준비를 하는 것이다. 너희들도 잘 기억해두거라. 전 세계 어느 곳에서든 내 짧은 일생에 관해 이야기하게 될 때 반드시 오늘 이 여인의 행위도 함께 기념하여 전해지리니."

말을 맺는 그의 창백한 볼은 어느새 상기되어 붉어져 있었습니다. 저는 그 사람의 말을 믿지 않습니다. 언제나 그랬듯이 허풍스러운 연극이려니 하고 아무렇지도 않게 흘려들을 수 있었습니다만 그것보다는 그때 그 사람의 목소리에서, 그 눈동자의 광채에서 지금까지는 한 번도 본 적 없는 묘한 것이 느껴졌습니다. 저는 순간적으로 당황했습니다. 더욱이 그의 살짝 붉어진 볼과 눈물로 약간 촉촉해진 눈동자를 다시 천천히 바라보고 있는데 문득 떠오르는 게 있었습니다. 아아, 입에 담기조차 싫은 불길한 예감이 스쳐 지나갔습니다.

위험하다. 그 사람은 이런 추레한 시골 아낙에게 사랑은 아니겠지만, 설마 절대로 그럴 리는 없겠지만, 그와 비슷한 묘한 감정을 품은 것은 아닐까? 설마 그 사람 정도 되는 사람이 그럴 리가 없다. 저런 무지렁이 아낙에게 특별한 감정을 느낀다면 세상에 그런 추태가 없을 것이며 돌이킬 수 없는 추문이 될 것이다.

저는 다른 사람의 치욕스런 감정을 냄새로 알아내는 재미있는 재주를 가진 남자랍니다. 저 스스로도 그것이 저질스러운 후각이라는 생각에 싫어하지만, 그냥 슬쩍 보기만 해도 틀림없이 다른 사람의 약점을 콕 집어내는 예민한 재능을 갖고 있지요. 아직 강렬한 건 아니지만 그 사람이 무지렁이 아낙에게 특별한 감정을 느낀 게 역시 틀림이 없었습니다.

내가 잘못 볼 리 없으니 틀림없이 그런 것이다. 아아, 참을 수가 없다. 견딜 수가 없어. 나는 그 사람이 이런 꼴을 보이면 이제 그걸로 끝장이라는 생각이 들었습니다. 그것은 다시 없을 추태입니다. 지금까지는 아무리 여자가 매달려도 항상 아름답게 물처럼 조용히 있을 뿐 한 줌의 흐트러짐도 보이지 않았는데 이제는 끝났다. 방탕해져버린 것이다. 그 사람도 아직 젊으니 그래도 무리가 아니라고 할지 모르겠지만 나도 그와 같은 나이고 더구나 그 사람보다 두 달 늦게 태어났으니 젊음에는 차이가 없지요. 그러나 나는 이렇게 꾹 참고 마음으로 그 사람만을 섬기며 지금까지 어떤 여자도 마음에 둔 적이 없었습니다.

마리아의 언니 마르다가 골격이 우람하고 소처럼 큰 덩치에, 성격 급하고 억세게 일만 할 줄 아는 아무 볼 것 없는 시골 아낙이라면 마리아는 가느다란 몸매에 피부는 투명할 정도로 창백하고 손발도 작고 통통했으며 호수처럼 깊고 맑은 커다란 눈동자는 언제나 꿈꾸는 듯 먼 곳을 바라보고 있었습니다. 그녀는 그 마을 사람들 모두가 신비해할 정도로 우아한 여인이었습니다. 저도 그녀에게 마음이 있었죠. 마을에 나갈 때 흰 비단이라도 사다 살짝 주어야겠다고 생각하고 있었단 말입니다.

아아, 제가 지금 무슨 소리를 하고 있는지요. 그래요, 저는 분했습니다. 왜인지 모르겠지만 발을 동동 구를 정도로 분했습니다. 그 사람이 젊다면 저 또한 젊습니다. 저는 재능 있고 집도 땅도 있는 훌륭한 청년입니다. 그런데도 저는 그 사람을 위해 제가 가진 특권을 모두 버리고 그에게 왔단 말입니다. 저는 그 거짓말쟁이에게 속은 겁니다.

나으리, 그 사람은 제 여자를 빼앗았습니다. 아니 그게 아니라 그 여자가 저에게서 그 사람을 빼앗아 갔습니다. 아아, 그것도 아닙니다. 제가 하는 말은 전부 엉터리예요. 한 마디도 믿지 마세요. 죄송합니다. 머릿속이 온통 뒤죽박죽이라 저도 모르게 터무니없는 얘기를 했습니다. 그런 천박한 사실은 조금도 없었습니다. 꼴사나운 말씀을 드리고 말았네요. 하지만 저는 분했단 말입니다. 가슴을 쥐어뜯고 싶을 만큼 분했어요. 왜 그런지는 저도 모르겠습니다. 아아, 질투라는 것은 어쩌면 이렇게도 참을 수 없는 추한 감정인지. 이렇게 목숨을 버릴 정도로 그 사람을 섬기고 입때껏 따라온 저에게는 부드러운 말 한마디 건네지 않고 저런 비천한 아낙네를 얼굴을 붉히면서까지 감싸주시다니요. 아아, 역시 그 사람은 방탕해진 거야. 이젠 모두 끝장이다. 그에겐 더 이상 가망이 없다. 평범한, 그저 평범한 사람이 되었으니 죽어도 아쉬울 것이 없다. 그렇게 생각하자 문득 끔찍한 생각이 떠올랐습니다. 악마에 홀렸나 봅니다. 그날 이후 저는 차라리 그 사람을 내 손으로 죽이자는 생각을 하게 되었습니다. 언젠가는 죽임을 당할 분임에 틀림이 없어. 더구나 그 사람 스스로가 자신을 죽여주었으면 하는 바람을 문득문득 비치지 않았던가. 내 손으로 죽여줘야겠다. 다른 사람 손에 죽게 놔둘 수는 없다. 그를 죽이고 나도 죽을 테다. 나으리, 이렇게 우는 모습을 보여 정말 부끄럽습니다. 예, 이제 울음을 그치겠습니다. 알겠어요, 침착하게 말씀드리겠습니다.

다음날 저희는 그렇게도 고대하던 예루살렘으로 출발했습니다. 남녀노소를 불문하고 수많은 군중이 그 사람 뒤를 따르는 가운데 드디어 거의 예루살렘 궁전 앞에 도달했을 때 그 사람은 길가에 있던 노쇠한 당나귀를 발견하고는 웃으며 그것에 올라탔습니다. 그러고는 "시온의 딸이여, 두려워 마라. 보라, 너의 왕이 나귀 새끼를 타고 오신다"라고 외치며, 예언되었던 것과 똑같은 일이 벌어졌다고 제자들에게 밝은 얼굴로 가르쳤습니다. 하지만 저는 왠지 언짢은 기분이 들었습니다. 이 얼마나 초라한 모습이란 말인가. 이것이 기다리고 기다리던 유월절(passover)에 예루살렘 궁전에 입성하는 다윗의 자손이 보여줄 모습이란 말인가. 그 사람이 평생 동안 염원하던 영광스런 모습이 겨우 이 늙어빠진 나귀에 걸터앉아 터벅터벅 나아가는 불쌍한 풍경이었단 말인가. 저는 연민 이상의 감정은 더는 느낄 수 없었습니다. 실로 비참하고 어리석게도 속이 뻔히 보이는 우스꽝스러운 연극을 구경하는 기분이 들었습니다. 아아, 이제 이 사람의 운은 다한 거야. 하루하루 살아가면 갈수록 경박한 추태를 보일 뿐이다. 꽃은 시들어버리면 더는 꽃이 아니니 아름다울 때 꺾어야 하는 법. 그 사람을 가장 사랑하는 것은 바로 나다. 다른 이들에게 어떤 원망을 들어도 상관없어. 저는 하루라도 빨리 저 사람을 죽여야 한다는 괴로운 결심을 굳힐 뿐이었습니다.

군중의 수는 시시각각 늘어나 지나는 길마다 빨강, 파랑, 노랑, 색색의 옷으로 뒤덮였고 그들은 종려나무 가지를 꺾어 그 길 앞에 깔아주며 환호로 그를 맞이했습니다. 전후좌우에서 들러붙듯이 밀려온 무리들이 거대한 파도처럼 그 사람과 나귀를 마구 흔들면서 "호산나! 다윗의 자손이여,

찬송하리로다. 주의 이름으로 오시는 이여! 가장 높은 곳에서 호산나"라고 열광하며 입을 모아 찬송했습니다. 베드로와 요한, 바돌로메 등의 제자들은 어리석게도 벌써 천국을 눈앞에 둔 개선장군을 따르는 것처럼 환희에 차서 몹시 들뜬 모습으로 서로를 끌어안고 눈물을 흘리며 입을 맞추었습니다. 첫 번째 제자인 베드로는 요한을 끌어안은 채 엉엉 큰 소리로 울면서 기쁨의 눈물을 흘리더군요. 그런 모습을 보고 있으려니 왠지 이 제자들과 함께 고난을 거치며 포교해왔던 인고의 세월이 생각이 나서 저 역시 눈시울이 뜨거워졌습니다.

그 사람은 궁전으로 들어갔습니다. 그리고 나귀에서 내린 뒤 무슨 생각에서인지 밧줄을 주워 들고 마구 휘두르며 궁전 안의 환전소 탁자와 비둘기 장수의 의자 등을 내리치는 것이었습니다. 그 채찍으로 팔려고 내놓은 소와 양도 전부 궁전 밖으로 쫓아버리고는 경내에 있던 수많은 상인들에게 날카로운 목소리로 호통을 쳤습니다.

"너희는 모두 썩 꺼져라. 내 아버지의 집을 장사치의 집으로 만들지 마라."

온화하기만 했던 분이 그렇게 술주정뱅이처럼 허튼 난동을 부리다니 저는 그 사람이 아무래도 좀 제정신이 아니라는 생각이 들었습니다. 주변에 있던 이들도 모두 놀라서 이게 어찌된 일이냐고 물었습니다. 그러자 그 사람이 거친 숨을 몰아쉬며 대답했습니다.

"너희가 이 궁전을 부수어버려라. 내가 삼 일 안에 다시 지어줄 테니."

그렇지만 제아무리 우직한 제자들도 너무나도 터무니없는 그 말에 믿기지 않는 듯 그저 물끄러미 있을 뿐이었습니다. 하지만 저는 알고 있었습니다. 이것도 결국 저 사람의 유치한 억지에 불과하다는 것을. 그 사람은 신앙으로 이루지 못할 일은 없다는 자신감을 사람들에게 보여주고 싶었던 게 틀림없습니다. 그래도 그렇지, 채찍을 휘둘러 무력한 상인들을 쫓아내면서까지 그런다는 건 비열한 허세란 말입니다. 당신이 할 수 있는 반항이 겨우 그 정도입니까? 비둘기 장수의 의자를 걷어차는 정도의 수준이었냐고 비웃어주면서 묻고 싶었습니다. 이제 이 사람은 별 볼일이 없어졌습니다. 자포자기 상태에다, 자긍심마저 잃어버린 것입니다. 요즘 들어 자신의 힘으로는 이제 더는 아무것도 할 수 없다는 것을 조금씩 깨닫기 시작했는지 아직 자신의 결점이 들통나기 전에 제사장에게 붙잡혀 이 세상을 떠나고 싶어하는 것 같더군요.

그렇게 생각하자 저는 완전히 그 사람을 포기할 수 있었습니다. 그리고 거드름쟁이 도련님을 지금까지 일편단심으로 사랑했던 제 자신의 어리석음도 웃어 넘길 수 있게 되었지요. 마침내 그 사람이 궁전에 모인 군중 앞에서 지금까지 해왔던 말 중에 가장 무례하고 오만한 폭언을 주절주절 퍼부어댔습니다. 그래요, 그건 틀림없는 자포자기였습니다. 저는 죽고 싶어 안달을 하는 그의 모습이 추하다는 생각이 들었습니다.

"율법학자들과 바리새인들아, 너희 같은 위선자들은 화를 입을 것이다. 너희는 잔과 접시의 겉만을 깨끗이 닦아 놓았다. 그러나 그 속에는 착취와 탐욕이 가득 차 있다. 율법학자들과 바리새인들아, 너희 같은 위선자들은 화를 입을 것이다. 너희는 겉은 그럴싸해 보이지만 그 속은 죽은 사람의 뼈와 썩은 것이 가득 차 있는 회칠한 무덤과 같도다. 이와 같이 너희도 겉으로는 옳은 사람처럼 보이지만 속은 위선과 불법으로 가득 차 있다. 이 뱀 같은 자들아, 독사의 자식들아! 너희가 지옥의 형벌을 어떻게 피할 수 있겠느냐? 예루살렘아! 예루살렘아! 너는 예언자들을 죽이고 너에게 보낸 이들을 돌로 치는구나. 암탉이 병아리를 날개 아래 모으듯이 내가 몇 번이나 네 자녀를 모으려 했던가.

그러나 너는 응하지 않았다."

　황당해서 웃음을 참을 수가 없었습니다. 흉내 내는 것조차 불쾌하네요. 그렇게 말도 안 되는 소리를 하다니 그 사람은 미쳐버린 겁니다. 그 밖에도 뭐 기근이 있을 것이다, 지진이 일어나고 하늘에서 별이 떨어질 것이다, 달은 빛을 잃고 땅에는 사람들의 시체가 넘쳐나며 주위엔 시체를 쪼아 먹을 독수리가 모여든다, 사람들은 그때 탄식하며 이를 갈 것이라는 둥 실로 말도 안 되는 폭언을 마구 뱉어내는 것이었습니다. 어쩌면 그렇게 생각 없는 말들을 할 수 있을까요. 잘난 척이 너무 심하더군요. 어리석게도 자기 분수도 모르고 한껏 들떠 있다니. 이제 그 사람은 죄를 모면할 수 없게 되었구나. 틀림없이 십자가에 매달릴 것이다.

　제사장과 장로들이 대제사장 가야바의 안마당에 모여서 그 사람을 죽이기로 결정했다는 이야기를 어제 마을의 장사치에게서 들었습니다. 만약 군중들 앞에서 그 사람을 체포하면 군중들이 폭동을 일으킬지도 모르니 그 사람과 제자들만 있을 때 관청에 신고하는 자에게 은화 30냥을 준다는 것이었습니다. 이러고 있을 때가 아니야. 그 사람은 어차피 죽게 돼. 다른 사람 손에 의해 넘겨지느니 내 손으로 넘기자. 그것이 내가 지금까지 그 사람에게 바쳐온 일편

단심에서 행하는 마지막 인사이자 의무다. 괴롭지만 내가 그 사람을 팔자. 누가 있어 나의 이 진심 어린 사랑을 제대로 이해해줄 것인가. 아니, 아무도 이해해주지 않아도 상관없어. 내 사랑은 순수한 사랑이지 누군가로부터 이해받기 위한 얄팍한 사랑이 아니다. 나는 영원히 다른 사람들의 원망을 사겠지. 그러나 이 순수한 사랑의 욕심 앞에서는 어떤 형벌도, 어떤 지옥불도 문제가 되지 않는다. 저는 제 삶의 방식을 일관되게 해 나갈 것을 몸이 떨릴 정도로 굳게 결심했습니다.

저는 적당한 때를 엿보고 있었습니다. 그리고 드디어 축제 당일에 저희 사제 열세 명은 언덕 위에 있는 낡은 요릿집 어두침침한 2층을 빌려 축제의 연회를 열게 되었습니다. 모두가 식탁에 앉아 저녁 식사를 하려고 하는데 그 사람이 갑자기 자리에서 일어서더니 조용히 윗옷을 벗는 것이었습니다. 저희는 대체 뭘 하시려는 걸까 하고 의아하게 생각하며 보고 있었습니다. 그런데 그 사람은 식탁 위의 물병을 들어 구석에 있던 작은 대야에 그 물을 붓고는 순백색 수건을 자신의 허리에 두르고 대야의 그 물로 제자들의 발을 차례로 씻기는 것이 아닙니까! 제자들은 이유도 모른 채 넋을 잃고 어쩔 줄 몰라 했지만 제겐 왠지 그 사람의 숨겨진 마음이 전해오는 듯한 기분이 들었습니다. 그는 외로운 것이다. 극도로 마음이 약해져서 이제는 무지하고 고지식한 제자들에게라도 매달리고 싶은 것이다. 가엾게도 그 사람은 자신이 헤어나기 힘든 운명에 처해 있다는 것을 아는 것이다. 그런 모습을 보고 있자니 나는 갑자기 강렬한 오열이 목구멍까지 치밀어 오르는 것을 느꼈습니다. 그 사람에게 안겨 같이 펑펑 울고 싶어졌습니다. 아아! 불쌍한 당신을 어떻게 벌할 수 있겠습니까. 당신은 언제나 온화하고 올바르며 언제나 가난한 자들의 편이었습니다. 그리고 항상 빛을 발하듯 아름다웠습니다. 당신은 틀림없는 하느님의 아들입니다. 용서해주십시오. 저는 그것을 알면서도 요 이삼 일 동안 당신을 팔아넘기려고 기회를 엿보고 있었습니다. 하지만 이제는 아닙니다. 내가 어쩌다 당신을 팔아넘긴다는 못된 생각을 했던 걸까요. 안심하세요, 이제부터는 오백 명의 관리와 천 명의 병사가 온다 해도 당신 몸에 손가락 하나 대지 못하게 할 것입니다.

당신은 지금 몹시 위험합니다. 당신을 노리는 자들이 있으니 지금 당장 여기서 도망쳐야 해요. 베드로, 야고보, 요한 그리고 너희 모두 날 따라와라. 온화하신 우리 주를 지키며 평생을 같이 살자. 입 밖으로 말하진 않았지만 마음속에서 사랑의 맹세가 우러나와 가슴이 다시 뜨겁게 끓어올랐습니다. 지금까지 느껴본 적 없는 일종의 숭고한 영감에 젖어 뜨거운 사죄의 눈물이 기분 좋게 뺨을 타고 흘러내렸습니다.

이윽고 제 차례가 되어 그 사람이 제 발을 정성껏 씻겨주고 허리춤에 두른 수건으로 부드럽게 닦아주는데 아아, 그때의 감촉이란! 그래요. 나는 그때 천국을 보았던 건지도 몰라요. 저 다음으로 빌립, 안드레를 거쳐 베드로의 발을 씻길 차례가 되었을 때 그 우직할 정도로 솔직한 성격의 베드로가 궁금한 마음을 감추지 못하고 물었습니다.

"주여, 어째서 저 따위의 발을 씻겨주시는 겁니까."

다소 불만에 찬 듯한 날카로운 목소리였습니다.

"아아, 내가 하는 일을 지금 너는 알지 못하나 이후에는 알게 되리라."

그 사람은 조용히 이르시고 베드로의 발 밑에 쭈그리고 앉았습니다. 베드로는 여전히 이를 완강하게 거부하였습니다.

"아니오, 안 됩니다. 영원히 제 발 같은 건 씻기시면 아니 됩니다."

베드로는 송구스럽다며 한사코 발을 움츠리고 생각을

굽히지 않았습니다. 그 사람이 목소리를 높였습니다.

"내가 네 발을 씻기지 아니하면 너와 나는 아무 상관이 없어지느니라."

그 사람이 딱 잘라 말하자 베드로는 허둥댔습니다.

"아아, 죄송합니다. 그렇다면 제 발뿐 아니라 손과 머리도 씻겨주십시오."

이렇게 말하며 베드로가 고개를 숙이는 것을 보니 나도 모르게 웃음이 터져 나왔습니다. 다른 제자들도 슬며시 웃음을 머금어 어쩐지 방 안이 밝아진 것 같았습니다. 그 사람도 살짝 웃으면서 말했습니다.

"베드로야, 발만 씻으면 그것으로도 네 전신이 깨끗해지느니라. 아아, 너뿐만 아니라 야고보와 요한도 모두 때문지 않은 깨끗한 몸이 되었다. 그러나……."

갑자기 말을 멈춘 그는 허리를 펴고 순간적으로 몹시 고통스러운 듯한 슬픈 눈을 하시더니 이윽고 눈을 질끈 감고 말했습니다.

"다 같이 깨끗해지면 좋으련만."

저는 뜨끔했습니다. 아뿔싸! 나를 두고 말씀하시는구나. 방금 전까지 그 사람을 팔아먹으려 했던 내 어두운 마음을 꿰뚫어보았구나. 하지만 그때는 이미 달랐단 말입니다. 단언컨대 그때는 그런 마음이 아니었죠! 나는 이제 깨끗한 몸이 되었으니 내 마음도 깨끗하다. 아아, 그런데 그 사람은 그걸 모르는구나. 그걸 모르고 있어. 그게 아니야, 아니라고! 절규가 목까지 울컥 올라왔지만 나약하고 비굴한 마음이 그 말을 침 삼키듯 삼켜버리고 말았습니다. 아아, 아무 말도 할 수가 없어. 그 사람이 그렇게 말하는 것을 보니 나는 역시 깨끗해지지 않은 것이다.

나의 나약하고 비뚤어진 마음이 고개를 쳐들었습니다. 그 비굴한 반성이 점점 흉측하고 검게 부풀어 올라 내 오장육부를 감싸고 분노의 감정이 점차 불길을 키워가기 시작했습니다. 아아, 안 되겠어. 나는 이제 안 돼. 그 사람은 마음속 깊이에서 나를 미워하고 있는 것이다. 팔자, 팔아버리자. 그 사람을 죽이고 나도 같이 죽는 것이다. 이미 결심해왔던 바를 되새기며 저는 이제 완전히 복수의 사신이 되어갔습니다. 그 사람은 내 속내에서 두 번이고 세 번이고 수없이 일어났던 커다란 파란은 전혀 모르는 듯한 얼굴로 다시 윗옷을 걸치고 옷차림을 가다듬은 뒤 천천히 자리에 앉아 몹시 창백한 얼굴로 말했습니다.

"내가 너희 발을 씻겨준 이유를 알겠느냐. 너희가 나를 스승이라 또 주(主)라 칭하는 것은 옳도다. 내가 너희의 주이며 스승인데도 너희의 발을 씻겼으니 앞으로는 너희도 서로 사이좋게 발을 씻겨주어야 함을 명심해두거라. 내가 언제까지 너희와 같이 있을 수 있을지 모르겠구나. 그래서 이 기회에 내가 너희에게 행한 것같이 너희도 행하게 하려 본을 보였노라. 스승은 제자보다 뛰어난 법이니 내가 한 말을 잘 새겨듣고 잊지 않도록 하여라."

그는 몹시 우울한 말투로 얘기하고는 조용히 식사를 시작했습니다.

"너희 가운데 한 사람이 나를 배반하리라."

그는 문득 고개를 숙인 채 괴롭게 신음하는 듯한 목소리로 말했습니다.

그러자 모든 제자들이 소스라치게 놀라며 일제히 자리를 박차고 일어나 그의 곁으로 몰려가 소란을 피웠습니다,

"수여, 접니까."

"주여, 그건 저를 말씀하시는 것입니까."

그러자 그 사람은 죽은 사람처럼 희미하게 고개를 저으며 말했습니다.

"내가 빵 한 조각을 그에게 줄 것이다. 몹시 불행한 사나이다. 정말이지 세상에 태어나지 않는 편이 나았어."

꽤나 분명한 어조로 이야기하고는 빵 한 조각을 집더

니 팔을 쭉 뻗어 곧바로 제 입에 갖다 대었습니다. 나도 그때는 이미 배짱이 생겨서 부끄럽기보다는 원망스러울 뿐이었습니다. 이제 와서 나를 이렇게 괴롭히는 그가 증오스러웠습니다. 이렇게 제자들이 다 있는 자리에서 나를 모욕하는 것이 그 사람이 지금까지 해온 일의 마지막 업적이 되다니. 나와 그놈 사이에는 불과 물처럼 영원히 섞일 수 없는 숙명이 놓여 있다. 개가 고양이에게 던져주듯이 고작 빵 한 쪼가리를 내 입에 밀어 넣는 것이 그가 할 수 있는 복수의 전부란 말인가. 하하! 어리석은 녀석!

나으리, 그 녀석은 저에게 "네가 할 일을 속히 행하라"고 말하더군요. 그래서 저는 바로 식당에서 뛰쳐나와 어두운 길을 열심히 달려서 지금 여기에 도착했습니다. 정말 다급하게 뛰어와 이렇게 고발합니다. 자, 그 사람에게 벌을 내려주십시오. 부디 좋으실 대로 벌을 내려주십시오. 체포하여 홀딱 벗겨놓고 죽을 때까지 몽둥이로 치십시오. 도저히 더는 참을 수가 없습니다. 그는 나쁜 놈입니다. 그는 오늘 이 시간까지 저를 지독하게 괴롭혔습니다.

하하하하, 빌어먹을. 그 사람은 지금 기드론 계곡 저편 게세마네 동산에 있습니다. 지금쯤이면 그 2층 식당에서의 만찬도 끝나고 분명 제자들과 함께 게세마네 동산에서 하늘에 기도를 올리고 있을 시각이군요. 제자들말고는 아무도 없을 겁니다. 지금이라면 어렵지 않게 그 사람을 체포할 수가 있어요. 아아, 작은 새가 시끄럽게 지저귀는군요. 오늘 밤은 어째서 이리도 새 소리가 귀에 거슬리는 걸까요. 제가 고발하려 이곳으로 달려오는 중에도 숲에서는 작은 새들이 짹짹거리며 울고 있었습니다. 새는 밤에는 거의 울지 않지요. 저는 어린아이 같은 호기심에 그 새의 정체를 한번 확인하고 싶어서 우뚝 선 채 고개를 갸웃거리며 나뭇가지 사이를 둘러보았습니다. 아아, 죄송합니다. 제가 쓸데없는 소리를 지껄이고 있습니다.

나으리, 출발할 준비는 다 되셨습니까? 아아, 좋아요, 유쾌합니다. 오늘 밤은 정말 저에게 최고의 밤입니다. 나으리, 오늘 밤 제가 그 사람과 어깨를 나란히 하고 서 있는 광경을 잘 봐두십시오. 저는 오늘 밤 그 사람과 동등하게 어깨를 나란히 하고 설 것입니다. 그 사람을 두려워할 이유도 없고 비하할 필요도 없습니다. 저는 그 사람과 똑같은 나이의 똑같이 훌륭한 젊은이니까요. 아아, 새들이 지저귀는 소리가 귀에 거슬립니다. 시끄러워 죽을 지경입니다. 왜 새들이 이렇게 소란을 피우는 거죠. 짹짹짹짹짹짹, 대체 무슨 소란일까요. 아, 그 돈은? 저에게 주시는 겁니까? 아, 저에게 은화 30냥을. 아하하! 돈은 거절하겠습니다. 집어 던지기 전에 그 돈은 얼른 집어 넣으시는 게 좋을 겁니다. 돈이 필요해서 고발한 게 아니란 말입니다. 당장 집어 넣으세요! 아니, 죄송합니다, 받겠습니다. 그래요, 제가 상인이 아닙니까. 제가 돈 때문에 그 사람에게서 받아온 경멸을 생각해서라도 잘 받겠습니다. 어차피 저는 장사치니까 그가 경멸하는 돈으로 그 사람에게 멋지게 복수해주겠습니다. 그것이 제게 가장 어울리는 복수의 방법이겠지요.

자, 보라! 그 녀석은 은화 30냥에 팔려 간다. 저는 절대 울거나 하지 않을 겁니다. 저는 그 사람을 사랑하지 않으니까요. 처음부터 손톱만큼도 사랑하지 않았으니까요. 네, 나으리. 저는 온갖 거짓말을 늘어놓았습니다. 저는 실은 돈에 욕심이 나서 그 사람을 따랐습니다. 그런데 오늘 밤 저는 그 사람과 있는 게 전혀 돈이 될 만하지 않다는 확신이 들었고 상인의 본능으로 재빨리 등을 돌린 것이랍니다. 돈, 돈이 세상의 전부입니다. 은화 30냥이라니, 이 얼마나 근사한 일인가요. 잘 받겠습니다. 저 같은 가난한 상인은 그 돈에 정말 욕심이 났단 말입니다. 예, 정말 감사합니다. 네네, 말씀드리는 게 늦었습니다만 제 이름은 상인 유다. 에헤헤, 가룟 유다입니다.

富　　嶽　　百　　景　후지 산 백경

후지 산의 각도를 보면 우타가와 히로시게〔歌川廣重: 1797~1858, 에도 시대의 우키요에(풍속도) 화가로 풍경화의 명인〕의 후지가 85도, 타니 분쵸〔谷文晁: 1763~1840, 에도 시대 후기의 화가〕의 후지가 84도 정도이다. 하지만 육군의 실측도에 따라 동서남북의 단면도를 만들어보면 동서로 잘랐을 때의 각도가 124도, 남북은 117도라고 한다. 히로시게나 분쵸의 그림뿐만 아니라 그림 속에 등장하는 후지 산은 대개가 뾰족하다. 산꼭대기가 가느다랗고 화사하며 높다. 가츠시카 호쿠사이〔葛飾北齋: 1760~1849, 히로시게와 함께 우키요에의 거장으로 일컬어짐〕 그림에 와서는 30도 정도로 거의 에펠탑 수준의 후지 산까지 등장하고 있다.

그러나 실제의 후지 산 꼭대기는 상당한 둔각으로 동서로는 124도, 남북으로는 117도로 넓게 퍼져 있어서 결코 높은 산이라고 할 수 없다. 예를 들어 내가 인도 같은 나라에서 어느 날 갑자기 독수리에게 채여 일본 누마즈 근처 해

안에 휘익 떨어져서 문득 이 산을 발견한다 해도 그다지 감탄할 것 같지 않다는 말이다. '일본의 후지 산'이라고 하여 새삼 동경의 눈으로 보았을 때 비로소 '원더풀'인 것이지, 그게 아닌, 세속의 선전을 일절 모르는 소박하고 순수한 무념의 마음에 과연 그것이 얼마나 호소력이 있을지 의문이다. 그런 생각을 하면 어째 좀 쓸쓸한 산이란 생각도 든다. 정말이지 낮다. 저렇게 넓게 퍼져 있는 산기슭에 비한다면 그 높이가 형편없이 낮다. 그 정도 넓이의 산이라면 그래도 한 1.5배 정도는 더 높아야 하는 것 아닌가.

그러나 직코쿠 고개에서 바라본 후지 산만은 높았다. 그것은 정말 근사했다. 처음에는 구름에 가려 산꼭대기가 보이지 않았기 때문에 산기슭의 경사로 판단해서 아마 저쯤이 산꼭대기겠거니 하면서 구름 사이의 한 점을 찍었는데 구름이 걷히고 보니 정상은 그곳이 아니었다. 내가 찍어 둔 곳의 두 배는 됨직한 높이에 파란 산 정상이 선명하게 보였다. 놀랐다기보다는 어쩐지 멋쩍어서 껄껄대며 웃고 말았다. 이거 한 방 먹었는데! 사람은 완벽한 듬직함 앞에서는 저도 모르게 방정맞게 껄껄대며 웃게 되는가 보다. 좀 이상한 표현이기는 하지만 온몸의 나사가 풀어져 허리띠를 풀고 웃어야 할 것 같은 그런 느낌인 것이다. 여러분이 만약 사랑하는 사람을 만나자마자 그가 큰 소리로 웃기 시작한다면 그거야말로 축하를 해야 할 일이다. 절대로 연인이 예의에 어긋난다고 생각하지 마시라. 그것은 당신을 만나 당신의 그 완벽한 신뢰감을 온몸으로 느꼈다는 뜻이니까.

  동경의 아파트 창문으로 내다보이는 후지 산은 좀 답답하다. 그러나 겨울에는 꽤나 선명하게 보이는데, 지평선에서 삐죽이 올라와 있는 작고 새하얀 삼각형이 바로 후지 산이다. 그렇고 그런 크리스마스 장식용 과자 같은 모양이다. 게다가 처량하게도 어깨가 왼쪽으로 기울어 있어서 왠지 선미(船尾)부터 침몰해가는 군함과 비슷해 보이는 것이다. 삼 년 전 겨울에 나는 어떤 사람에게 의외의 사실을 전해 듣고 몹시 당황하여 그날 밤 아파트 방 한쪽 구석에서 밤새 혼자 술을 벌컥벌컥 들이켠 적이 있었다. 꼬박 밤을 샌 다음날 새벽, 아파트 화장실에서 소변을 보다가 내다보니 철조망이 쳐진 네모난 창문 사이로 후지 산이 보였다. 그때 본 작고 새하얀, 조금 왼쪽으로 기울어진 그 후지 산을 나는 잊을 수가 없다. 창문 밑 아스팔트 도로를 시원스레 질주하는 자전거 소리를 들으면서 '아! 오늘은 후지 산이 엄청 잘 보이잖아. 날씨 한번 더럽게 춥네' 따위의 말을 중얼거리며 깜깜한 화장실에서 철조망을 쓰다듬으며 혼자

훌쩍거리고 울었던 경험 같은 건 두 번 다시 겪고 싶지 않다.

1938년 초가을, 나는 마음을 새롭게 하려는 각오로 가방 하나만 달랑 들고 여행에 나섰다.

고슈(甲州). 이곳 산들의 특징은 각 산의 굴곡이 묘하게 덧없으며 완만하다는 것이다. 코지마 우스이라는 사람의 일본 산수론에도 "이곳 산들은 어울리는 것을 싫어하며 이승에서 신선놀음을 하는 것 같다"고 쓰여 있다. 그러고 보면 고슈의 산들은 어쩌면 좀 별난 산인지도 모르겠다. 고후(甲府) 시에서 버스에 몸을 싣고 한 시간을 달려, 나는 미사카 고개에 도착했다.

해발 1천300미터의 미사카 고개. 이 고개 정상에 '천하찻집'이라는 작은 찻집이 있는데 이부세 마스지〔井伏鱒二: 1898~1993, 히로시마 출신 소설가로 독특한 유머로 서민 생활을 그려 냄〕 씨가 초여름경부터 이곳 2층에 틀어박혀 일을 하고 있었다. 나는 그 사실을 알고 이곳을 찾아왔다. 이부세 씨 옆방을 빌려 그의 일에 방해가 되지 않을 정도로 잠시 느긋하게 지내보려는 것이었다.

이부세 씨는 작업을 하고 있었다. 나는 이부세 씨의 양해를 얻어 당분간 그 찻집에 머물게 되었는데, 그날 이후

날마다 싫어도 후지 산과 정면으로 마주봐야만 했다. 이 고개는 고후에서 도카이도로 나오는 길목이자 가마쿠라에서는 왕래의 요충지이기 때문에 후지 산 북쪽의 대표적 전망대로 알려져 있다. 여기서 바라본 후지는 예로부터 후지 삼경의 하나라 일컬어진다지만 나는 그다지 흥미가 생기지 않았다. 끌리지 않을 뿐 아니라 경멸스럽기까지 했다. 후지 산이 너무도 그림에 그린 듯 보이기 때문이다. 한가운데 후지 산이 위치하고 그 밑으로는 가와구치 호수가 하얗게 흐르고 있으며 근처의 낮은 산들이 그 양끝에 살짝 움츠린 자세로 호수를 감싸듯이 서 있는 것이다. 나는 그 풍경을 보자마자 당황하여 얼굴을 붉혔다. 이건 마치 목욕탕 벽에 그려진 페인트화 같지 않은가. 아무리 봐도 주문 받아 그린 것 같은, 연극의 무대 배경 같은 풍경에 나는 너무도 부끄러워졌다.

내가 이 고개의 찻집에 온 지 이삼 일 지났을 때 이부세 씨는 작업을 어느 정도 끝냈고, 우리는 어느 맑은 오후에 함께 미츠 고개를 올랐다.

해발 1천700미터의 미츠 고개. 미사카 고개보다 조금 더 높다. 급경사를 기어오르듯 타고 올라가기를 한 시간쯤 했을 때 미츠 고개 정상에 도착했다. 담쟁이덩굴을 헤치며 좁은 산길을 올라가는 내 모습은 결코 근사한 볼 거리가 못 되었다. 이부세 씨는 등산복을 제대로 갖춰 입은 경쾌한 모습이었지만 나는 등산복이 없어서 도테라〔솜을 넣어 두텁게 만든 소매가 넓은 기모노〕를 입고 있었다. 찻집에서 빌린 도테라는 기장이 매우 짧아서 종아리를 한 치 이상 드러내놓고 있었다. 게다가 찻집 할아버지에게 빌린 고무 바닥으로 된 작업용 신발을 신고 있었는데 내가 보기에도 왠지 누추해 보였다. 머리를 굴린답시고 허리끈을 두르고 찻집 벽에 걸려 있던 낡은 밀짚모자까지 써보았는데 오히려 더 이상한 모습이 되어버렸다. 이부세 씨는 본디 사람의 차림새를 보고 비웃거나 하는 사람이 아닌데 이날만큼은 나를 불쌍하다는 표정으로 바라보며 "남자는 차림새 따위에는 신경 쓸 필요가 없다네" 하고 작은 소리로 중얼거리며 위로해주던 것을 잊을 수가 없다.

　이러저러하는 사이에 정상에 도착했지만 갑자기 짙은 안개가 밀려들어 산 정상의 절벽 가장자리에 있는 파노라마대라고 하는 곳에 가서 서보아도 전망이 형편없었다. 앞이 하나도 내다보이지 않는 것이다. 이부세 씨는 짙은 안개 속에서 바위에 걸터앉더니 천천히 담배에 불을 붙여 연기를 피워 올렸다. 몹시도 따분해 보이는 모습이었다. 파노라마대에는 찻집 세 곳이 나란히 늘어서 있었는데 우리는 그 중 노부부가 경영하는 단출한 가게를 골라 들어가 뜨거운 차를 마셨다. 찻집의 할머니는 우리가 안쓰러웠는지 "하필이면 안개가 낄 게 뭐유. 그래도 조금 있다 안개가 그치면 바로 저기에서 후지 산이 정말 잘 보일 거라우" 하며 찻집 안쪽에서 커다란 후지 산 사진을 꺼내 왔다. 그러고는 절벽 가장자리에 서서 그 사진을 양손 높이 펼쳐 보였다. "바로 이 부근에서 이렇게 커다랗고 또렷하게 보인다우" 하면서 열심히 주석을 다는 것이었다. 우리는 차를 홀짝이며 그 후지 산을 바라보며 웃음을 지었다. 멋진 후지 산을 보았군. 짙은 안개가 조금도 서운하지 않았다.

다음다음 날이었던가 이부세 씨가 미사카 고개를 내려 가게 되어 내가 고후까지 길동무를 해주었다. 나는 고후에서 어떤 아가씨와 맞선을 보기로 했던 것이다. 이부세 씨를 따라 고후의 구석 마을에 있는 아가씨 집을 방문했다. 이부세 씨는 편안한 등산복 차림이었고 나는 제대로 된 허리끈을 맨 여름용 두루마기를 입고 있었다. 그 아가씨 댁 정원에는 장미가 가득 심어져 있었다. 어머님이 우리를 맞이하여 응접실로 안내해 인사를 나누는 동안 그 댁 아가씨도 안에서 나왔지만 그때까지도 그녀의 얼굴을 볼 수는 없었다.

아가씨의 어머님과 둘이서 세상 돌아가는 얘기를 나누던 이부세 씨가 갑자기 "아, 후지 산!"이라고 중얼거리며 내 뒤쪽 벽을 올려다보았다. 나도 몸을 틀어 뒤쪽 벽을 올려다보았다. 후지 산 꼭대기의 분화구를 내려다보고 있는 사진이 액자 속에 걸려 있었다. 그건 마치 새하얀 수련 꽃과 닮아 있었다. 나는 그것을 바라보다가 다시 천천히 몸을 돌려 아가씨 쪽을 슬쩍 쳐다보았다. 그래, 결정했어! 다소 어려움이 있더라도 이 사람과 반드시 결혼하고 싶다고 생각했다. 액자 속 후지 산에게 감사하고 싶은 심정이었다.

이부세 씨는 그날로 동경으로 올라갔고 나는 다시 미사카로 발걸음을 돌렸다. 그리고 9월, 10월이 지나 11월 15일까지 미사카의 찻집 2층에서 조금씩 작업을 진행하며 별로 좋아하지도 않는 이 '후지 삼경의 하나'외 지칠 때까지 대담을 주고받곤 했다.

언젠가 크게 한번 웃었던 일이 있었다. 대학 강사인가 뭔가 하는 낭만파 친구가 산을 오르던 길에 내가 있는 곳에 들렀을 때의 일이다. 우리는 둘이서 2층 복도로 나가 후지 산을 바라보며 얘기를 나누었다.

"후지 산은 아무리 봐도 어딘가 저속하다는 생각이 들지 않나?"

"오히려 보고 있는 이쪽이 부끄러울 정도지."

이런 쓸데없는 소리를 지껄이며 담배를 피우고 있는데 문득 그 친구가 턱짓을 해 보였다.

"어! 저 중 같은 사람은 누구지?"

쉰 정도 되는 덩치 작은 사내가 낡은 검정 법의를 걸치고 긴 지팡이를 끌면서 두리번거리며 후지 산을 오르고 있었다.

"후지 산에 구경 나온 사이교(西行：1118~1190, 헤이안 시대 말기의 승려로 일본 각지를 여행하며 시와 노래를 남김) 같지 않아? 차림새가 똑같군, 그래."

그 중을 보자 왠지 마음이 끌렸다.

"언젠가는 이름 있는 고승이 될지도 모르지."

"말도 안 돼. 저건 그냥 거진데, 뭐."

친구는 냉담하게 잘라 말했다.

"아냐 아냐. 어딘가 세속을 초월해 있어. 잘 봐, 저 걸음걸이. 꽤 그럴싸하잖아. 옛날에 노인법사(能因法師：788~?, 헤이안 중기의 승려 시인)가 이 고개에서 후지 산을 칭송하는 노래를 지었다는데 말이야."

내 얘기에 친구가 킥킥 웃어대기 시작했다.

"야, 좀 봐라. 그럴싸하긴 어디가 그럴싸하냐?"

노인법사는 찻집에서 기르는 하치라는 개가 짖어대자 몹시 당황했는데 그 모습이 처량할 정도로 꼴불견이었다.

"역시 그건 좀 무리였나."

나는 몹시 실망했다.

거지는 한심할 정도로 우왕좌왕하더니 결국에는 지팡이를 휙 내던지고는 몹시도 정신없어하다가 아무래도 안 되겠다고 생각했는지 사라져버렸다. 실로 그럴싸하지 못한 풍경이었다. 후지 산도 저속하고 법사도 저속하다. 지금 돌이켜 생각해도 정말 바보 같았다.

후지 산 끝자락에 위치한 요시다라는 기다랗게 생긴 마을에 우체국이 있는데 그곳에 니타라고 하는 스물다섯 살 먹은 점잖은 청년이 근무하고 있었다. 그는 우편물을 분류하다가 내가 여기 와 있다는 것을 알게 되었다며 고개 정상에 있는 찻집으로 찾아왔다. 2층의 내 방에서 잠시 이야기를 나누었는데 사이가 편해지자 니타가 웃으면서 이렇게 말하는 것이었다.

"실은 제 친구 두세 명과 함께 선생님을 찾아 뵈려 했습니다만 막상 때가 되니 모두들 머뭇머뭇하더니 그러더군요. 다자이 씨는 엄청 퇴폐적인데다가 성격 파탄자 아닌가 하고요. 사토 하루오 선생님의 소설에도 그렇게 쓰여 있으니까요. 설마 이렇게 진지하고 제대로 된 분이시라고는 상상도 못했으니까 저도 억지로 친구들을 데리고 올 수가 없었습니다. 하지만 다음번에는 꼭 친구들을 데려오고 싶은데 괜찮으신지요?"

"그건 상관없소만……."

나는 쓴웃음을 지었다.

"그러니까 자네는 백배 용기를 내어 친구들을 대표해서 나를 정찰하러 온 거로군."

"말하자면 결사대인 셈이죠."

니타는 꽤나 솔직했다.

"어젯밤에도 사토 선생의 그 소설을 다시 한 번 읽으면서 굳게 각오를 하고 왔습니다."

나는 방 안 유리창 너머로 후지 산을 바라보았다. 후지 산은 그저 말없이 서 있을 뿐이었다. 아아, 훌륭하군.

"멋지군. 역시 후지 산은 근사해. 제 역할을 톡톡히 한다니까."

후지 산에는 못 당하겠다고 생각했다. 매 순간마다 변하는 내 마음속의 애증이 부끄러워지면서 역시 후지 산은 멋지다고 생각했다. 그래, 후지 산은 언제나 제 역할에 충실하지.

"제 역할을 톡톡히 하고 있나요?"

그는 내 말이 이상했는지 재치 있게 웃어 보였다.

니타는 그 뒤로 여러 명의 청년들을 데리고 나를 찾아왔다. 모두 조용한 성격으로 나를 선생님이라고 불러서 나도 그들을 진지하게 받아주었다. 나는 자랑할 만한 것이 아무것도 없다. 배운 것도 없고 재능도 없으며 육체는 지저분한데다 마음까지 가난하다. 하지만 그 청년들에게 선생이라 불렸을 때 거기에 맞게 행동할 줄 아는 정도의 고뇌는 있다. 달랑 그것 하나, 그 하나가 내 자존심이다. 그러나 이 자존심만은 반드시 지키고 싶다. 그저 철부지 어린애라고 불리던 나의 숨은 고뇌를 대체 몇 명이나 알아줄 것인가.

니타와 단가(短歌)를 잘 부른다는 다나베라는 이 둘이 이부세 씨의 팬이라는 얘기를 듣고 나는 왠지 안심이 되어 두 사람과 더욱 친해지게 되었다. 한번은 그들이 나를 요시다(吉田)에 데려간 적이 있는데 그곳은 정말 무서우리만큼 기다란 마을이었다. 산기슭이란 느낌도 들었다. 후지 산이 태양도 바람도 가로막고 있어 기운 없이 자라난 줄기처럼 어딘지 어둡고 좀 으스스한 마을이다. 도로를 따라 지하수가 흐르고 있었는데 이것은 산기슭 마을의 특징인 듯싶다. 미시마(三島)에서도 이렇게 마을에 냇물이 흐르고 있었는데 그 지방 사람들은 후지 산의 눈이 녹아서 흘러내린 물이라고 진지하게 믿고 있었다. 요시다의 물은 그에 비하면 수량도 부족하고 깨끗하지 못하다. 나는 그 물을 바라보면서 말했다.

"모파상의 소설에 어느 아가씨가 귀공자를 보기 위해 매일 밤 강을 헤엄쳐 만나러 갔다는 얘기가 있는데 그럼 옷은 어떻게 한 걸까? 설마 알몸은 아니었겠지?"

"글쎄요."

청년들도 생각에 잠겼다.

"수영복 차림이 아니었을까요?"

"머리 위에 옷을 올려놓고 떨어지지 않게 잘 묶은 다음 헤엄쳐 갔을까?"

청년들이 웃었다.

"아니면 옷을 입은 채로 헤엄쳐 가서 흠뻑 젖은 모습으로 귀공자를 만나 둘이서 스토브에 옷을 말렸을지도 몰라. 그럼 돌아갈 때는 또 어떻게 했을까? 애써 말려놓은 옷을 다시 흠뻑 적셔가며 헤엄쳐야 하잖아. 걱정이었겠군. 귀공자가 헤엄쳐 가면 좋을 텐데 말이야. 남자라면 팬티 한 장 입고 헤엄쳐도 그리 흉한 일이 아니니까. 그 귀공자 혹시 맥주병 아니었을까?"

"아니, 그보다는 아가씨 쪽이 훨씬 반해 있었기 때문이라고 생각합니다."

니타가 진지하게 대답했다.

"그럴지도 모르지. 외국 얘기 속에 나오는 아가씨들은 용감하고 아름다워. 좋아한다면 강을 헤엄쳐서라도 만나러 가니 말이야. 일본에선 안 그렇지. 그 뭐라고 하는 연극 있지 않나? 한가운데 강이 흐르고 강 건너편에 사는 귀족 아가씨와 남자가 서로 운명을 한탄하는 연극. 그 귀족 아가씨도 한탄만 할 게 아니라 헤엄쳐 강을 건너가면 어땠을까? 연극을 보면 굉장히 좁은 강이던데 말이야. 첨벙첨벙 건너가면 어떠냐고. 그런 한탄은 아무 의미가 없어. 동정하고 싶지도 않고. 아사가오〔사랑하는 젊은 남녀의 엇갈리는 슬픈 사랑 이야기로, 남자를 찾아 헤매다 장님이 된 여인 아사가오가 임의 목소리를 듣고 쫓아온 오이카와 강 앞에서 눈을 뜨게 된다는 내용〕의 오이카와 강 정도는 돼야지. 게다가 아사가오는 눈까지 멀었으니 그 정도면 동정할 만은 하겠지. 그래도 역시 헤엄치려고 하면 못 건너갈 정도는 아니야. 오이카와의 강 언덕에 달라붙어서 하느님을 원망해도 아무 소용 없는 짓이지. 아, 한 사람 생각났다! 일본에도 용감한 녀석이 하나 있군. 그 녀석은 정말 굉장해. 누군지 알겠나?"

"그게 누군데요?"

청년들도 눈을 반짝였다.

"키요히메〔淸姬 : 일본에 전해지는 전설의 주인공. 젊은 승려 안친을 연모했던 키요히메가 커다란 뱀으로 변신해 그를 쫓아가 종(鍾) 속에 몸을 숨기고 있던 안친을 태워 죽인다는 이야기〕. 안친을 쫓아서 히다카가와 강을 건넜지. 열나게 헤엄쳐서 말이야. 정말 대단하지 않아? 어떤 책을 보니 그때 키요히메는 겨우 열네 살이었다고 나오더군."

말도 안 되는 얘기를 주고받으며 길을 걸어와 다나베가 잘 아는 듯한 낡지만 조용한 여관에 도착했다.

후지 산이 아름다웠던 밤에 그곳에서 술을 마셨는데 밤 열 시쯤 되자 청년들은 나를 여관에 남겨둔 채 각자 집으로 돌아가버렸다. 나는 잠이 오지 않아 도테라 차림으로 밖으로 나가보았다. 무서우리만치 밝은 달밤이었다. 달빛을 받은 후지 산은 투명할 정도로 파랗고 아름다워서 나는 마치 여우에 홀린 듯한 기분이 들었다. 후지 산이 물의 요정처럼 파랗다. 인이 타오르는 것처럼 보인다. 도깨비불, 인화(燐火), 반딧불, 억새풀, 칡 잎사귀. 나는 어떻게 걷는지도 모르는 채 밤길을 똑바로 걸어 나갔다. 게다 소리가 마치 내가 아닌 다른 생물의 발소리처럼 달그락달그락 깨끗하게 울렸다. 살짝 뒤를 돌아보자 후지 산이 파랗게 타오르며 하늘에 떠 있었다. 나는 한숨을 내쉬었다. 유신 지사(志士), **쿠라마 텐구**〔鞍馬天狗 : 옛날 쿠라마에 살았다는 얼굴이 붉고 코가 큰, 신통력 있다는 상상의 동물. 하늘을 자유로이 날면서 깊은 산속에 산다고 알려짐. 자만하고 우쭐하기 좋아하는 사람에게 비유적으로 쓰는 말. 1924~1959년까지 발표된, 말기의 교토를 배경으로 유신 지사인 쿠라마 텐구가 신출귀몰하는 활약상을 그린 36편의 연작 소설이 있음〕 나는 내가 쿠라마 텐구가 되었다고 상상하고는 거드름을 피우며 호주머니에 손을 넣고 걸어보았다. 자신이 굉장히 멋진 사나이가 된 것 같은 기분이었다. 한참을 걸었는데 어딘가에 지갑을 떨어뜨린 것 같았다. 50전짜리 은화가 스무 장 정도 들어 있었기 때문에 너무 무거워서 주머니에서 떨어진 모양이다. 나는 이상하리만큼 침착했다. 돈이 없으면 미사카까지 걸어서 가면 돼. 그대로 계속 걸어가다가 문득 왔던 길을 그대로 되돌아가면 지갑이 떨어져 있을 거란 사실을 깨달았다. 호주머니에 손을 넣은 채 터덜터덜 왔던 길을 되돌아갔다. 후지 산, 달밤, 유신 지사, 지갑 분실……. 재미있는 로맨스로군. 지갑은 너무도 당연하다는 듯 길 한가운데에서 빛나고 있었다. 나는 지갑을 주워 들고 다시 여관으로 돌아와 잠을 잤다.

후지 산에 홀렸던 것이다. 나는 그날 밤 정말 바보 같았다. 완전 무방비 상태였던 것이다. 그날 밤 일은 지금 생각해도 묘하게 힘이 빠진다.

요시다에서 하룻밤을 묵은 뒤 미사카에 돌아왔더니 찻집 여주인은 히죽히죽 웃고 있고, 열다섯 살짜리 꼬마 아가씨는 새침해 있었다. 나는 부지불식간에 불결한 짓을 하고 온 것이 아니란 것을 알리고 싶어서 아무도 묻지 않는 어제 하루 동안의 일을 혼자서 주저리주저리 떠들어댔다. 묵었던 여관의 이름이라든지 요시다의 술맛, 달밤의 후지 산, 지갑을 떨어뜨렸던 것까지 모두 얘기했더니 그제야 꼬마 아가씨가 밝아졌다.

"아저씨! 일어나서 저기 좀 봐요!"

어느 날 아침 꼬마 아가씨가 찻집 밖에서 큰 소리로 소리를 지르는 바람에 나는 억지로 몸을 일으켜 복도로 나가 보았다.

꼬마 아가씨는 흥분하여 상기된 얼굴로 하늘을 가리켰다. 얼굴을 들어 보니 눈이 오는 것이 아닌가. 깜짝 놀랐다. 후지 산에 눈이 온 것이다. 산 정상이 새하얗게 빛나고 있었다. 미사카의 후지 산도 우습게 볼 게 아니군.

"근사하군."

감탄의 말을 내뱉었더니 꼬마 아가씨가 득의양양하게 말했다.

"정말 아름답죠?"

그녀는 공손한 말투로 묻고는, "이래도 미사카의 후지 산은 안 되나요?" 하며 잔뜩 움츠리고 또다시 묻는 것이었다. 내가 전부터 이런 후지 산은 저속해서 글러먹었다고 얘기하곤 했는데 꼬마 아가씨는 내심 속상했던 모양이다.

"역시 후지 산은 눈이 와야 좀 볼 만하군."

나는 진지한 얼굴로 그렇게 바꿔 말했다.

그러고는 도테라를 입고 산을 둘러보다가 양손 가득 달맞이꽃 씨를 주워 와서 찻집 뒷문 쪽에 뿌렸다.

"알겠니? 이건 내 달맞이꽃이니까 매년 와서 볼 거란다. 그러니까 여기에 빨래한 물 같은 걸 버리면 안 된다."

꼬마 아가씨는 고개를 끄덕였다.

특별히 달맞이꽃을 고른 것은 후지 산에는 달맞이꽃이 어울린다고 생각하게 만든 사연이 있기 때문이다. 미사카의 이 찻집은 깊은 산 속에 있는 산장 같은 곳이어서 우편물이 배달되지 않는다. 산 정상에서 버스로 삼십 분 정도 내려가면 산기슭에 가와구치(河口) 호반의 가와구치촌이라는, 문자 그대로 한촌이 있는데 그 가와구치촌의 우체국에 내 앞으로 온 우편물이 쌓여 있는 터라 나는 사흘에 한 번 정도 그 우편물을 가지러 마을로 내려가야 한다. 주로 날씨가 좋은 날을 골라서 가는데 이 동네의 버스 여차장은 관광객을 위해 특별히 풍경 설명을 해주지는 않는 편이다. 그러나 가끔은 생각났다는 듯이 장황한 산문조로 저것이 미츠 고개이고 그 건너가 가와구치 호수인데 그 속에는 빙어가 살고 있다는 등의 설명을 귀찮다는 표정으로 중얼거리듯 들려주었다.

가와구치에서 우편물을 수령하여 다시 고개 위 찻집으로 돌아가던 버스의 내 바로 옆자리에는 우리 어머니와 많이 닮은, 짙은 갈색 두루마기를 입은 창백하고 단정한 얼굴의 60대 할머니가 앉아 있었는데 그때 버스의 차장이 문득 생각났다는 듯이 풍경을 안내하기 시작했다.

"여러분, 오늘은 후지 산이 정말 잘 보이네요."

그녀가 안내말도 아니고 그렇다고 혼잣말도 아닌 듯한 말을 불쑥 꺼내자 새삼스레 배낭을 짊어진 젊은 샐러리맨과 커다란 전통머리를 틀어 올리고 손수건으로 얌전히 입을 가린, 비단옷을 입은 게이샤풍 여자들이 일제히 차창 밖으로 목을 내밀고 아무 특징도 없는 삼각형 산을 바라보며 "우와!"라든가 "어머!" 같은 얼빠진 탄성을 터트려서 차내가 한동안 소란스러워졌다. 그러나 내 옆자리의 노부인은 가슴에 깊은 고민이라도 있는지 다른 관광객들과는 달리 후지 산에는 눈길도 주지 않고 오히려 후지 산 반대편에 산길을 따라 늘어서 있는 낭떠러지를 가만히 응시하고 있었다. 그런데 나는 그 모습에서 몸이 떨릴 정도의 통쾌함을 느꼈다. 나도 저런 저속한 후지 산 따위는 보고 싶지 않다는 이 고상한 마음을 저 노부인에게 보여주고 싶어졌다. 그래서 부탁도 받지 않았는데 당신의 괴로움과 쓸쓸함도 전부 이해한다는 동조의 뜻을 나타내며 노부인에게 엉기듯 살짝 다가가 그녀와 똑같은 자세로 물끄러미 절벽 쪽을 바라보았다.

노부인도 어쩐지 나에게 안도감을 느끼는 듯했다. 노부인은 중얼거리듯 "오, 달맞이꽃이로군" 하고 한마디 던지며 가느다란 손가락으로 길가 어딘가를 가리켰다. 버스는 쌩 하고 지나쳐 갔지만 내 눈에는 방금 언뜻 보았던 황금색 달맞이꽃의 잔상이 꽃잎 하나까지 선명하게 남아 있었다.

3천778미터 후지 산과 훌륭히 맞서면서도 한치 흔들림이 없는 달맞이꽃은 뭐랄까 해바라기라고 부르고 싶을 정도로 늠름하고 멋졌다. 후지 산에는 달맞이꽃이 잘 어울린다는 생각을 했다.

10월 중순이 지나도록 내 작업에는 좀처럼 진전이 없었다. 사람이 그리웠다. 나는 석양에 붉게 물든 뭉게구름이 내다보이는 복도에서 혼자 담배를 피워 물고는 애써 후지 산을 외면한 채 피가 맺힌 듯 새빨간 단풍을 바라보았다. 그러다 찻집 앞에서 낙엽을 쓸어 모으던 여주인을 발견하고는 말을 붙였다.

"아주머니! 내일은 날씨가 좋을 것 같네요."

스스로도 깜짝 놀랄 만큼 함성과도 같은 흥분된 목소리였다. 아주머니는 바닥을 비질하던 손을 멈추고 의아스럽다는 듯 눈살을 찌푸리며 고개를 들었다.

"내일 어디 볼일이라도 있으신가 보죠?"

아주머니가 그렇게 묻는 바람에 나는 말문이 막혀버리고 말았다.

"아니요, 아무 일도……."

그러자 아주머니가 웃어대기 시작했다.

"적막하신가 보네. 산에라도 올라가보시지 그러세요?"

"산은 올라갔다가 다시 내려와야만 하는 게 시시하더군요. 어느 산을 올라도 후지 산이 보일 거라는 생각을 하면 왠지 마음이 무겁고."

내 말이 이상하게 들렸던 걸까. 아주머니는 그저 애매하게 고개를 끄덕이고는 다시 낙엽을 쓸기 시작했다.

잠들기 전 커튼을 살짝 열고 유리창 너머에 있는 후지 산을 바라본다. 달이 뜬 밤에는 후지 산이 창백한 물의 요정처럼 서 있다. 나는 한숨을 쉬며 '아아, 후지가 보이는구나. 별이 정말 크군. 내일은 날씨가 맑겠어' 하며 그것만이 내가 살아 있는 기쁨인양 확인하고 나서야 다시 커튼을 닫고 잠을 자는 것이다. 내일의 날씨가 좋든 말든 나와는 아무 상관이 없다는 생각을 하자 왠지 우스웠다. 이불 속에서 나는 쓴웃음을 지었다. 일이 정말 괴롭다. 순수하게 집필에 몰두하는 어려움보다도(집필은 오히려 내 즐거움이라 할 수 있다) 나 자신의 세계관과 예술이라는 것, 내일의 문학이라고 하는 것 등 이를테면 새로움에 관한 것들 때문에 우물쭈물 고민하며 괴로움에 몸부림치고 있었다.

소박한 자연 그대로의 간결한 선명함을 한주먹에 확 움켜쥐고 그대로 종이에 옮기고 싶다. 그렇게 생각하자 눈앞의 후지 산도 뭔가 특별한 의미를 지닌 것처럼 보인다. 이 모습, 이 표현이 결국 아름다움에 관해 내가 생각해낼 수 있는 '유일한 표현'일지도 모른다며 후지 산과 적당히 타협하기로 했다. 그러나 역시 후지 산의 이 소박함에는 입을 다물 수밖에 없었다. 후지 산이 좋아지면 부처님 상도 좋아할 수 있을까. 나는 부처님 상만은 도저히 참을 수가 없어서 아무리 좋은 표현을 하려고 해도 말이 떠오르지 않았다. 후지 산의 모습도 어딘가 잘못되었어, 이게 아니야. 나는 또다시 생각의 갈피를 잡지 못했다.

나는 아침저녁으로 후지 산을 바라보며 우울한 나날을 보냈다. 10월 말경에는 일 년에 한 번 있는 개방의 날인가 뭔가 해서 산기슭의 요시다 마을에서 기녀 한 무리가 자동차 다섯 대에 나누어 타고 미사카 고개를 찾아왔다. 나는 2층에서 그들을 보고 있었다. 자동차에서 내린 색색의 기녀들은 막 바구니에서 꺼내져 나온 한 무리의 비둘기처럼 처음에는 어디로 가야 할지 모른 채 그저 한데 뭉쳐 우물쭈물하였다. 점차 긴장이 풀리는지 각자 여기저기로 흩어져 구경을 다니기 시작했다. 찻집 앞에 늘어놓은 그림 엽서를 조심스럽게 고르고 있는 사람, 가만히 후지 산을 바라보는 사람 등 이들의 풍경은 칙칙하고 쓸쓸하여 그냥 보고 있을 수가 없었다. 2층에 혼자 있는 이 남자의 안타까운 공감도 이 기녀들의 행복에는 아무런 보탬도 되지 않는다. 나는 그저 지켜볼 수밖에는 없는 것이다. 괴로워하는 자는 괴롭고 추락하는 자는 계속 추락할 뿐 나와는 아무런 관계가 없다.

그것이 바로 이 세상. 그렇게 억지로 냉정한 척하며 그들을 내려다보고 있었지만 나는 꽤나 마음이 아팠다.

후지 산에게 부탁하자! 갑자기 그런 생각이 들었다. 어이, 이 녀석들을 잘 좀 부탁하네. 그런 마음으로 뒤돌아보자 차가운 공기 속에 우뚝 서 있는 후지 산. 그때의 후지 산은 도테라 차림으로 호주머니에 손을 넣고 거만하게 서 있는 보스나 되는 것처럼 보였다. 나는 안심하고 그녀들을 후지 산에 맡긴 다음 가벼운 마음으로 찻집의 여섯 살 된 남자 아이와 하치라는 개를 데리고 고개 근처의 동굴로 산책을 나갔다. 동굴 입구 근처에 서른 살 정도 된 바싹 마른 기녀가 혼자서 조용히 이름 모를 들꽃을 꺾어 모으고 있었다. 우리가 곁을 지나도 뒤도 돌아보지 않은 채 열심히 꽃을 꺾고 있었다. 덤으로 이 여자도 잘 부탁한다고 후지 산에게 부탁해놓고 나는 꼬마의 손을 끌고 잽싸게 동굴 안으로 들어갔다. 동굴 안에서 떨어지는 차가운 지하수를 얼굴에 맞으면서 내가 상관할 일이 아니라고 또 한 번 되새기며 성큼성큼 동굴을 걸어다녔다.

그 즈음에는 혼담도 별다른 진전이 없었고, 고향에서도 일체 돈을 보태주지 않을 것이 분명해서 나는 몹시 난처해졌다. 적어도 100엔 정도는 도와주겠거니 혼자 넉살 좋게 생각하고 있었기에 작지만 엄숙한 결혼식을 올리고 그 후에는 내가 일을 해서 가족을 먹여 살리면 되겠거니 하고 안심하고 있었다. 그런데 두세 통 편지를 주고받는 가운데 고향집에서는 한푼도 도와주지 않으리란 것을 깨닫고 나는 몹시 당황했다. 이렇게 된 이상 혼사가 깨어져도 할 수 없는 일이라 각오하고 일단 사정을 전부 얘기해보자는 생각에 홀로 산을 내려가 고후의 아가씨 댁을 방문했다. 다행히 아가씨는 집에 있었다. 객실에서 아가씨와 장모님을 앞에 두고 모든 사정을 고백했다. 가끔씩 말투가 연설조가 되기는 했지만 내가 생각해도 제법 솔직하게 잘 전달했다. 아가씨가 침착한 목소리로 물었다.

"그럼 댁에서는 반대하신다는 말씀이신가요?"

그녀는 고개를 갸우뚱거렸다.

"아니요, 반대한다는 게 아니라……."

나는 오른손으로 탁자를 꾹 누르며 말했다.

"'너 혼자 힘으로 하라'고 하는 것 같습니다."

"그만 말씀하셔도 알겠습니다."

장모님은 우아하게 웃으면서 말을 이었다.

"보시다시피 저희도 부자는 아니고 사치스런 결혼식을 해야 한다면 오히려 난처할 뻔했어요. 그저 다자이 씨가 아내에 대한 애정과 직업에 대한 열의만 갖고 계신다면 저희는 그걸로 충분합니다."

나는 감사 인사도 잊은 채 잠시 물끄러미 정원만 바라보고 있었다. 눈시울이 뜨거워지는 걸 느끼며 장모님에게 반드시 효도하겠다고 다짐했다.

돌아가는 길에는 아가씨가 버스 정류장까지 배웅을 나와주었다.

"어때요, 교제 기간을 좀더 가져보실래요?"

정류장까지 걸어가면서 나는 꽤나 불편할지도 모르는 얘기를 슬쩍 꺼냈다.

"아뇨, 이걸로 충분합니다."

그녀는 그렇게 대답하며 웃었다.

"뭐 궁금한 거 없으세요?"

나의 바보 같은 질문이 이어졌다.

"아, 있어요."

나는 어떤 질문에도 솔직하게 대답하리라 마음먹었다.

"후지 산에는 벌써 눈이 내렸나요?"

그 질문에 갑자기 기운이 쭉 빠졌다.

"네, 눈이 왔죠. 산 정상 쪽에는……"

나는 말하다 말고 문득 전방을 바라보았다. 후지 산이

보였다. 황당했다.

"뭐야 이거, 고후에서도 후지 산이 보이잖아. 지금 날 놀리는 거요?"

나도 모르게 퉁명스럽게 말하고 말았다.

"방금 그 바보 같은 질문은 날 놀리려고 한 거군요?"

"그렇지만 미사카에 머물고 계시니까 후지 산에 관한 질문을 해야 할 것만 같아서……."

정말 재미있는 아가씨다.

고후에서 돌아오자 숨도 쉴 수 없을 만큼 어깨가 뭉쳐 있다는 것을 깨달았다.

"역시 여기가 좋아요, 아주머니. 미사카가 제일 편하다니까요. 내 집에 돌아온 듯한 기분입니다."

저녁 식사 후에 찻집 여주인과 딸이 번갈아가며 내 어깨를 주물러주었다. 아주머니의 주먹은 단단하고 민첩한데 반해 꼬마 아가씨의 주먹은 부드럽기만 하고 별로 힘이 없다. 좀더 세게, 좀더 세게 하고 요구하자 그녀는 장작을 가져와 내 어깨를 두드렸다. 그렇게라도 하지 않으면 어깨가 풀리지 않을 정도로 나는 고후에서 바싹 긴장해 있었던 것이다.

고후에 다녀오고 이삼 일 간은 일할 마음이 들지 않아

그저 멀뚱하게 책상 앞에 앉아 부질없는 낙서나 하면서 담배를 일고여덟 갑씩 피우고 다시 낮잠을 자고 하면서 시간을 보냈고 글은 단 한 줄도 못 썼다.

"아저씨, 고후에 다녀온 뒤로 나태해졌어요."

아침에 책상에 팔을 괴고 앉아 눈을 감은 채 여러 가지 생각에 잠겨 있는데 등 뒤에서 찻집의 열다섯 살 먹은 꼬마 아가씨가 정말로 화가 난 듯 가시 돋친 말투로 그렇게 말했다. 나는 뒤도 돌아보지 않고 대답해주었다.

"아 그래, 내가 나태해졌나?"

꼬마 아가씨는 계속 바닥을 닦으면서 말했다.

"예, 나태해졌어요. 지난 이삼 일 동안 작업한 게 하나도 없잖아요. 매일 아침 아저씨가 늘어뜨린 원고지를 순서대로 정리하는 게 내 즐거움이었단 말이에요. 그래서 써놓은 원고가 많으면 정말 기뻤는데……. 어젯밤에도 사실은 동태를 살피러 살짝 2층에 올라왔는데, 알고 있었어요? 아저씨는 머리까지 이불을 뒤집어쓰고 자고 있더라고요!"

고마운 마음이 들었다. 좀 과장해서 말하자면 그것은 한 인간이 열심히 살아가는 데 대한, 아무 대가도 바라지 않는 순수한 성원이라고 할 수 있다. 이 아가씨는 정말 마음이 아름다운 사람이다.

10월 말이 되자 산의 단풍도 시커멓게 변하더니 하룻밤 비가 오고 난 다음날 보니 산은 새까만 겨울 고목으로 변해 있었다. 이제는 관광객도 거의 없어 손가락으로 꼽을 정도였다. 찻집도 한가해져서 여주인이 가끔씩 여섯 살배기 아들을 데리고 후나츠나 요시다로 장을 보러 가고 나면 하루 종일 손님도 없는 찻집에서 혼자 남은 꼬마 아가씨와 나, 이렇게 둘이서만 지내는 경우가 있었다. 2층에서 심심해하던 나는 바깥을 터덜터덜 걷다가 찻집 뒷문에서 빨래를 하고 있는 꼬마 아가씨를 발견하고 그 곁으로 다가갔다.

"아, 심심해라."

큰 소리로 말하고는 크게 웃어 젖혔다.

꼬마 아가씨가 고개를 숙이고 있길래 나는 그녀를 들여다보았다가 울상이 된 얼굴을 보고 깜짝 놀랐다. 그건 분명 겁에 질린 표정이었다. 그렇군. 씁쓸한 마음으로 발걸음을 돌려 나는 낙엽이 떨어진 좁은 산길을 뚜벅뚜벅 거친 걸음으로 걸어갔다.

그 뒤로는 꼬마 아가씨 혼자 있을 때는 가능한 한 2층 방에서 나가지 않도록 신경을 썼다. 찻집에 손님이 왔을 때에만 꼬마 아가씨의 보디가드 노릇도 할 겸 2층에서 내려와서 찻집 구석에 앉아 천천히 차를 마셨다.

한번은 신부 차림을 한 손님이 시중 드는 할아버지 두 명과 함께 자동차를 타고 이 고개 찻집에서 쉬었다 간 일이 있었다. 그때도 찻집에는 꼬마 아가씨 혼자 있었기 때문에 내가 2층에서 내려와 담배를 피우며 구석 자리를 지켜주었다. 새색시는 소맷자락이 긴 기모노에 비단으로 된 금색 허리 장식 끈을 두르고 혼례용 쓰개를 쓴 완벽한 예복 차림이었다. 이런 손님은 정말 보기 드물었기 때문에 꼬마 아가씨도 어떻게 접대를 해야 할지 몰라 신부와 두 할아버지에게 차를 따라준 뒤 내 등 뒤에 살짝 숨듯이 서서 가만히 신부를 바라보고 있었다. 평생에 단 한 번 있는 경사스러운 날에 (아마도 고개 너머에서 반대편에 있는 후나츠나 요시다 마을로 시집을 가는 것일 테지) 이 고개 정상에서 한숨 돌리며 후지 산을 바라보다니 누가 봐도 간지러울 정도로 로맨틱한 설정이다. 곧 이어 신부는 가만히 찻집에서 빠져나와 찻집 앞 언덕에 서서 천천히 후지 산을 둘러보았다. 다리를 X자로 꼬고 선 대담한 포즈다. 여유 만만한 사람이로군. 그렇게 후지 산과 새 신부를 감상하고 있는데 갑자기 신부가 후지 산을 향해 크게 하품을 하는 것이었다.

"어머!"

등 뒤에서 자그마한 외마디 소리가 들려왔다. 꼬마 아

가씨도 그 하품을 보았던 모양이다. 이윽고 신부 일행이 세워두었던 차에 올라타고 고개를 내려갔는데 그 신부는 정말 잊을 수가 없다.

"왠지 모르게 익숙해 보이더군. 그 사람 분명 두 번째 아니면 세 번째 결혼을 하는 걸 거야. 신랑이 산 밑에서 기다리고 있을 텐데 자동차에서 내려 후지 산을 구경하고 있다니 처음 시집가는 사람이라면 그런 대담한 일은 꿈도 못 꾸지."

"세상에 하품을 하더라고요."

꼬마 아가씨도 내 말에 맞장구를 쳤다.

"그렇게 입을 크게 벌리고 하품을 하다니 뻔뻔스럽기도 하지. 아저씨는 절대 그런 여자랑 결혼하면 안 돼요."

나는 나잇값도 못하고 얼굴을 붉혔다. 내 결혼식 준비도 착착 진행되어갔는데 고맙게도 한 선배가 많은 도움을 주기로 했다. 결혼식도 그 선배네 댁에서 친척 두세 사람만 초대한 가운데 조촐하지만 엄숙하게 치렀는데 나는 그러한 사람 사이의 정에 소년처럼 감격했다.

11월에 들어서자 미사카도 견딜 수 없게 쌀쌀해져 찻집에는 스토브를 꺼내놓았다.

"손님, 2층은 추우시죠? 일하실 때는 스토브 곁에 와서 하시는 게 어때요?"

아주머니의 권유가 있었지만 나는 다른 사람 보는 데서는 일을 못하는 성격이라 공손히 거절했다. 그러자 아주머니는 걱정이 되었는지 산기슭의 요시다 마을로 내려가 고타츠(화로를 덮개로 덮고 여기에 이불을 씌워 몸을 덥히는 일본식 난로)를 하나 사 가지고 왔다. 나는 2층 방에서 고타츠에 몸을 파묻고는 찻집 사람들의 친절에 진심으로 감사했다. 그러나 이제 3분의 2나 눈에 파묻힌 후지 산과 근처 산들의 황량한 나무를 바라보니 이 고개에서 살을 에는 추위를 견디고 있어보았자 의미 없는 짓이란 생각이 들어 산에서 내려가기로 결심했다. 내려가기 전날, 나는 도테라 두 장을 겹쳐 입고 찻집 의자에 앉아 뜨거운 차를 마시고 있었는데 직장에라도 다니는 것 같은 젊고 지적인 여성 두 명이 겨울 코트를 입고 동굴 쪽에서 깔깔거리며 걸어오고 있는 것이 보였다. 그러고는 새하얀 후지 산을 발견하고 물끄러미 멈춰 서서 쑥덕쑥덕 뭔가 의논하는 듯하더니 그 중 안경 쓴 하얀 여자가 생긋 웃으며 나에게 다가왔다.

"저기, 죄송합니다만 사진 좀 찍어주실래요?"

나는 너무도 당황스러웠다. 기계에 관해서 잘 모를뿐더러 사진에는 취미도 없었으며 도테라를 두 겹으로 겹쳐 입고 있어서 찻집 사람들에게조차 산적 같다고 비웃음을 산 너저분한 몰골이었기 때문이다. 설마 동경에서 온 듯한 화사한 아가씨에게 뭔가 부탁을 받을 것이라곤 생각도 못했으므로 내심 몹시 후회가 되었다. 그러나 다시 생각해보니 어떤 사람에게는 이런 모습도 어딘가 수척한 얼굴에 카메라 셔터 정도는 누를 줄 아는 남자로 보이는 건지도 모를 일이다. 어쩐지 좀 들뜬 마음으로 나는 아무렇지도 않은 척하며 아가씨들이 내민 카메라를 받아들었다. 그러고는 무심한 말투로 셔터 누르는 방법을 물은 다음 떨리는 마음으로 렌즈를 들여다보았다. 한가운데에 후지 산, 그 아래에는 작은 양귀비꽃 두 떨기. 두 사람은 나란히 빨간 코트를 입고 있었던 것이다. 그들은 꼭 끌어안듯 서로 찰싹 붙어 진지한 표정을 지어 보였다. 너무 재미있어 카메라를 든 손이 다 떨릴 정도였다. 가까스로 웃음을 참고 렌즈를 들여다보니 양귀비꽃 두 송이가 꼼짝도 않고 굳은 포즈를 취하고 있었다. 아무리 보아도 구도를 잡기가 힘들어서 나는 두 사람을 렌즈에서 추방시키고 후지 산만을 렌즈 가득 담았다. 잘 있어요, 후지 산, 그동안 신세 많이 졌습니다. 찰칵.

"자, 찍었습니다."

"고맙습니다."

두 사람이 입을 모아 인사를 한다. 아마도 집에 돌아가 현상해 보면 깜짝 놀라겠지. 후지 산만 큼지막하게 찍혀 있고 두 사람 모습은 어딜 보아도 없을 테니까.

다음날 나는 산에서 내려왔다. 우선 고후의 여관에서 하룻밤을 묵고 다음날 아침 여관 복도의 지저분한 난간에 기대어 후지 산을 바라보았다. 고후의 후지 산은 여러 산들 뒤에서 3분의 1 정도 고개를 내밀고 있었는데 그 모습이 어쩐지 꽈리 열매와 닮아 보였다.

女　　　　　生　　　　　徒 | 여학생

아침에 눈을 뜰 때의 기분은 참 재미있다. 마치 숨바꼭질을 하느라 어두운 장롱 속에 몸을 웅크리고 조용히 숨어 있는데 술래가 다가와 "찾았다!" 하고 큰 소리로 외치며 장롱 문을 벌컥 열어젖힐 때의 기분 같다. 쏟아지는 눈부신 빛에 눈살을 찡그리고는 운 나쁜 타이밍을 탓하며 놀란 가슴을 진정시키고 흐드러진 옷을 가다듬으며 쑥스럽게 장롱에서 나올 때의 묘하게 분하고 열 받는 느낌이랄까. 아니, 잠깐! 그런 느낌과도 조금 다르다. 뭐랄까, 그보다 더 참을 수 없는 느낌이다. 상자를 여니 작은 상자가 나와, 또 한 번 상자를 열면 그 안에서는 그보다 더 작은 상자가 나오고, 다시 또 상자를 열면 더더욱 작은 상자가 나오는 것이다. 그리고 그 작은 상자를 열면 또 상자가 나타나 그렇게 일고여덟 개의 상자를 연 후 드디어 주사위 만한 작은 상자를 마지막으로 열었는데 그 안에 아무것도 없다는 걸 알게 되었을 때의 허무함, 그런 것에 가깝다. 아침에 눈이 번쩍 뜨인다는 말은 거짓말이다. 몹시도 혼탁한 녹말 용액에서 서서히 녹말이 바닥으로 가라앉고 맑은 물이 위로 올라올 때쯤 되어서야 겨우 피곤한 눈을 뜰 수 있는 것이다.

아침은 왠지 늘상 그저그래서 재미가 없다. 슬픔이 가슴 가득 꾸역꾸역 올라와 참을 수 없이 짜증이 난다. 아침에 보는 내 모습은 왜 그리도 못생겨 보이는 것일까? 다리도 너무 피곤하고 더는 아무것도 하기 싫어진다. 어젯밤 푹 자지 못했기 때문일까? '아침'이 건강의 대명사란 말 따위는 거짓말이다. 아침은 나에게 늘상 지독한 회색빛 허무다. 그래서 아침이면 나는 항상 염세적이다. 한순간에 수많은 후회가 가슴을 가득 채워 날 몸부림치게 만든다.

아침은 심술궂다.

"아빠."

작은 소리로 불러보았다. 묘하게 쑥스러우면서도 기쁜 마음이 들었다. 자리에서 일어나 재빨리 이불을 개어 들어 올리며 "이영차" 하고 기합 소리를 넣는 스스로를 깨닫는다. 문득 지금까지 나는 '이영차' 따위의 촌스러운 말을 쓰는 여자가 아니었다는 생각을 한다. '이영차' 같은 건 할머니들이나 하는 소리다. 왜 그런 말을 입에 올렸을까. 내 몸속 어딘가에 할머니라도 들어 있는 것 같아 기분이 나빴다.

앞으로는 조심해야지. 다른 사람의 꼴사나운 걸음걸이를 비웃다가 문득 나 자신도 그런 우스운 걸음으로 걷고 있다는 것을 깨달았을 때처럼 몹시 기운이 빠졌다.

아침엔 항상 자신이 없어진다. 잠옷을 입은 채 거울 앞에 앉아 거울을 들여다보았다. 안경을 벗은 채 거울을 보니 얼굴이 조금 흐릿하여 예뻐 보인다. 나는 내 얼굴에서 안경이 가장 싫지만 다른 사람이 알지 못하는 안경의 좋은 점도 있다. 나는 안경을 벗고 먼 곳을 바라보는 것을 좋아한다. 안경 밖의 뿌연 시야는 마치 꿈속에 와 있는 것 같은, 한 폭의 근사한 그림을 보는 것 같은 느낌을 준다. 지저분한 것은 아무것도 보이지 않고 크고 강렬한 색과 빛만이 눈에 들어온다. 안경을 벗고 사람을 바라보는 것도 좋아한다. 상대방의 얼굴이 부드럽고, 깨끗하게 웃고 있는 듯 보이기 때문이다. 안경을 벗고 있을 땐 결코 다른 사람과 싸우고 싶다거나 욕하고 싶은 생각이 들지 않는다. 그저 아무 말 없이 멍하니 있을 뿐이다. 그리고 그런 내 모습이 다른 사람 눈에는 좋은 인상으로 보일 거라고 생각하면 더욱 안심이 되어 실제로 마음이 한결 부드러워진다.

하지만 역시 안경은 싫다. 안경을 쓰면 왠지 얼굴이란 느낌이 없어져버리는 것 같으니까. 얼굴에서 피어나는 여러 가지 정서 즉 로맨틱함과 아름다움, 격렬함과 약함, 천진난만함과 애수 같은 것들을 안경이 전부 가로막아 눈으로 하는 대화 따위를 불가능하게 만들어버린다.

안경은 괴물이다.

항상 안경이 싫다고 생각하는 탓인지 나는 아름다운 눈이 무엇보다 중요하다고 생각한다. 눈. 들여다보고 있으면 좀더 아름답게 살고 싶다는 생각이 들게 하는 눈만 있다면 코가 없어도, 입이 숨어버려도 아무 상관 없다는 생각이다. 그런데 나의 눈은 그저 덩그러니 크기만 할 뿐이어서 가만히 들여다보고 있으면 힘이 빠진다. 우리 엄마도 내 눈을 보고 재미없는 눈이라고 할 정도니까. 나 같은 눈을 보고 생기 없는 눈이라고 할 수 있을 것이다. 이런 생각을 하고 있자니 역시 기운이 쭉 빠진다. 이런 눈이니까 하는 수 없지 뭐. 하느님도 정말 너무하신다. 거울을 볼 때마다 촉촉해 보이는 예쁜 눈이 되고 싶다고 간절히 바란다. 푸른 호수와 같은 눈, 파아란 초원에 누워 넓은 하늘을 바라보는 듯한 눈, 가끔 흘러가는 구름이나 날아가는 새의 그림자까지도 또렷이 비치는 아름다운 눈을 가진 사람들과 만나고 싶다.

오늘부터 5월이라고 생각하자 왠지 조금 들뜬 기분이

들었다. 곧 여름이 온다는 사실도 기뻤다. 정원에 나가 보니 딸기꽃이 눈에 확 들어온다. 아버지가 돌아가셨다는 사실이 비현실적으로 느껴졌다. 이제는 이곳에 안 계신다는 것이 이해하기 힘들었다. 납득이 가질 않았다. 언니부터 생각나기 시작해 헤어졌던 사람, 오랫동안 만나지 못했던 사람들이 모두 그립다. 묘하게도 이렇게 아침에는 지나가버린 것들이나 멀어져간 사람들 생각이 바로 곁에서 나는 김치 냄새처럼 싱겁게 피어오르는 바람에 견딜 수가 없다.

쟈피와 가아(불쌍한 개라서 가아라고 이름 지었다)〔일본어 가와이소(可哀想)에서 따옴〕, 두 마리의 개가 나를 보고 달려왔다. 두 마리를 나란히 앞에 앉혀두고 쟈피만 한껏 귀여워해주었다. 쟈피는 새하얗게 빛나는 아름다운 털을 가졌다. 반면 가아는 지저분하다. 쟈피를 귀여워하면 가아가 그 옆에서 울상을 하고 있는 것을 나는 잘 알고 있다. 가아가 불구라는 것도 잘 안다. 가아를 생각하면 왠지 모르게 슬퍼져서 쳐다보기가 싫다. 너무도 불쌍하고 불쌍해서 일부러 괴롭혀주고 싶어지는 것이다. 가아는 들개처럼 보여서 언제 개 사냥꾼에게 당할지 알 수 없다. 가아는 다리가 불구라 도망치는 것도 느릴 것이다. 가아, 빨리 산속 어디론가로 가버려. 너는 누구에게도 사랑받을 수 없어. 빨리 죽는 편이 나아. 나는 가아뿐 아니라 다른 사람에게도 나쁜 짓을 하곤 한다. 다른 사람을 괴롭히고 자극하는 것을 즐기는 정말 나쁜 아이다. 앞뜰에 앉아 쟈피의 머리를 쓰다듬으며 뜰에 돋아난 선명한 푸른색 잎사귀를 보고 있자니 아득해져서 바닥에 주저앉고 싶은 기분이 되었다.

어쩐지 울고 싶어진다. 숨을 멈추고 눈에 힘을 주면 눈물이 조금이라도 나올 것 같아서 그렇게 해보았지만 허사였다. 나는 이제 눈물도 말라버린 여자가 되었나 보다.

우는 걸 포기하고 방 청소를 시작했다. 청소를 하며 나도 모르게 토진 오키치〔唐人お吉 : 본명은 사이토 기치(齋藤きち). 개화기 때 일본 막부 정부와 개화를 요구하는 미국 사이에서 희생물로 이용되었던 여인. 그녀에 관한 이야기는 소설과 연극, 노래로 널리 알려졌다〕의 노래를 불렀다. 새삼 나 자신을 되돌아본 듯한 느낌이나. 평소 모차르트나 바흐에 빠져 있다가 무의식중에 토진 오키치의 노래를 불렀다는 사실이 재미있었다. 이불을 들어올리며 "이영차"라고 하지를 않나, 청소를 하며 토진 오키치의 노래를 부르지를 않나 이제 보니 한물갔구나 하는 생각이 든다. 이제는 잠꼬대로 또 얼마나 품위 없는 소리를 할지 걱정이 되어 견딜 수가 없다. 하지만 그것도 왠지 우습다는 생각이 들어 비질을 멈추고 혼자서 웃어버렸다.

어제 만든 새 속옷을 입어보았다. 가슴 부근에 작고 하얀 장미 자수를 넣은 예쁜 속옷인데 윗옷을 입으면 자수는 보이지 않게 된다. 아무도 모르는 나만의 자랑거리.

엄마는 누군가의 혼담을 위해 아침부터 눈썹을 휘날리며 나가버렸다. 다른 사람들을 위해 바쁘게 뛰어다니는 엄마는 어릴 적부터 익숙했지만, 정말 놀랄 정도로 잠시도 쉬지 않고 움직이는 엄마를 보면 존경스럽다. 아버지가 공부에만 매달린 탓에 엄마는 아버지 몫까지 해야 했다. 아버지는 사교와는 담을 쌓고 살았지만 엄마는 곧잘 즐거운 친목회를 만들어 모임을 갖곤 했다. 서로가 너무도 달랐지만 두 사람은 서로를 존경했던 것 같다. 그런 걸 보고 아름답고 금실 좋은 부부라고 하는 건가? 아아, 내가 별 소리를 다 하네.

된장국이 끓을 때까지 부엌 입구에 앉아 그 앞의 잡목림을 멀뚱하게 바라보고 있자니 예전에도 그리고 앞으로도 이렇게 부엌 입구에 이 자세로 앉아 지금과 똑같은 것을 생각하면서 눈앞의 잡목림을 보고 있었고, 보고 있을 것이라는 생각이 들었다. 과거, 현재, 미래가 동시에 느껴지는 신비한 기분이었다.

가끔씩 이런 일이 있다. 누군가와 방에 앉아 이야기를

나누다가 눈은 테이블 구석에 고정시킨 채 입만 달싹이고 있는데 이상한 착각이 일어나는 것이다. 언제였던가, 이와 똑같은 자세로 똑같은 이야기를 하며 역시 테이블 구석을 바라보고 있었으며 앞으로도 지금과 같은 일이 일어날 것이라는 확신이 든다. 낯선 시골의 들길을 걷고 있을 때도 분명 언젠가 걸었던 길이란 생각이 들었고, 길을 걷다 길 옆의 콩잎을 뜯으면서도 이전에 여기서 이렇게 콩잎을 뜯은 적이 있었지 하는 생각이 드는 것이다. 그리고 앞으로도 이 길을 걸으며 같은 자리에서 몇 번이고 계속해서 콩잎을 뜯게 되겠지 하고 믿게 된다.

또 이런 일도 있었다. 어느 날 탕에 들어가서 문득 내 손을 바라보게 되었다. 그러자 앞으로 몇 년 뒤에도 탕에 들어가 지금처럼 아무 생각 없이 손을 바라볼 것이라고 생각했던 것을 반드시 다시 생각해내게 될 것 같았다. 그런 생각을 하자 갑자기 좀 우울한 기분이 찾아왔다. 또 한번은 저녁에 혼자서 밥을 담고 있을 때 '영감(inspiration)'이라고 하면 좀 과장이겠지만 가족들이 어딘가에서 달려온 그 무언가에 당하여(나는 철학의 꼬리라고 해두고 싶다) 머리도 가슴도 구석구석까지 투명해져서 삶의 안정을 되찾고, 아무 소리 없이 나란히 나오는 묵처럼 유연하게 파도에 몸을 맡긴 채 아름답게 둥실둥실 살아갈 수 있을 것 같은 느낌이 들었다. 아니 지금 철학 운운할 문제가 아니다. 도둑고양이처럼 소리도 내지 않고 살아갈 것이란 예감은 반갑기는커녕 두렵기만 한 것이다. 그런 기분 상태가 영원히 계속되면 신들린 사람처럼 되는 게 아닐까? 그럼 난 여자 예수? 아무리 그래도 여자 예수라니 그건 좀 이상하다.

결국 시간도 많고 생활에 어려움도 없이 살면서 매일 보고 들은 수백 수천 가지 감수성을 처리할 재간이 없어서 그저 멍하니 있는 사이에 그것들이 도깨비 같은 얼굴을 하고 수면 위로 하나씩 떠오르고 있는 것은 아닐까?

식탁에 앉아 혼자 밥을 먹었다. 올해 들어 처음으로 먹는 파란 오이를 씹으면서 여름을 느낀다. 오이의 푸른 빛깔에는 가슴이 텅 빈 것 같은 아픔과 간질거리는 슬픔이 배어 있다. 식탁에서 혼자 밥을 먹다 보면 어쩐지 무턱대고 기차를 타고 여행을 떠나고 싶어진다. 신문을 펼치자 고노에 씨의 사진이 실려 있었다. 고노에 씨는 좋은 남자일까? 나는 이런 얼굴은 별로 좋아하지 않는다. 이마가 못생겼기 때문이다. 신문에서 가장 재미있는 것은 책의 광고 문구가 아닐까. 한 줄에 100엔, 200엔 하는 광고비를 지불하는 만큼 문장이 살아 숨쉬고 있다. 한 글자 한 글자가 최대의 광고 효과를 내기 위해 안간힘을 쓰며 쥐어짜낸 글귀인 것이다. 이렇게 비싼 문장은 세상에 얼마 없을 거라고 생각하자 왠지 통쾌해졌다.

식사를 마치고 문단속을 한 뒤 학교 갈 채비를 했다. 괜찮아, 비는 오지 않을 거야 하고 생각하면서도 어제 엄마에게 받은 예쁜 우산을 들고 걸어가고 싶은 마음에 들고 나왔다. 이 우산은 엄마가 처녀 적에 사용하던 것으로 이렇게 예쁜 우산을 발견한 것이 나는 몹시 만족스러웠다. 이런 우산을 들고 파리의 거리를 걷고 싶다는 생각을 한다. 지금처럼 전쟁이 끝날 무렵이면 분명 이런 꿈을 연상시키는 고풍스러운 우산들이 유행할 것이다. 이 우산에는 아마도 보닛풍 모자가 잘 어울릴 것 같다. 소매가 길고 목이 넓게 벌어진 핑크색 기모노에 검정 실크 레이스로 짠 긴 장갑을 끼고, 챙 넓은 모자에는 아름다운 보라색 제비꽃을 단다. 그리고 녹색으로 우거진 숲을 지나 파리의 레스토랑에 점심을 먹으러 간다. 우수에 찬 듯 턱을 괴고 지나가는 창 밖의 사람들을 바라보고 있노라면 누군가가 내 어깨를 살짝 두드리고 어느덧 '장미의 왈츠'가 흘러나온다. 아, 우습다. 우스워. 정신을 차려보니 내 앞엔 그저 낡아빠진 기다란 우산 한 자루가 있을 뿐이다. 갑자기 내 자신이 성냥팔이 소녀처럼 불쌍하고 가여워졌다. 아아, 풀이라도 뽑고 학교에 갈까.

　외출하기 전에 엄마에게 근로 봉사를 할 겸 집 앞의 풀이라도 뽑고 학교에 가기로 했다. 오늘은 왠지 좋은 일이 있을지도 몰라. 같은 풀인데도 어째서 이렇게 뽑아버리고 싶은 풀과 그냥 남겨두고 싶은 풀이 있는 걸까. 귀여운 풀과 그렇지 않은 풀은 겉으로 보면 비슷하지만 그 중에서도 가여운 풀과 밉살스런 풀은 정확히 나뉜다. 이유 같은 건 없다. 여자의 마음은 갈대라 하지 않는가. 십 분 정도의 풀 뽑기 봉사를 마치고 서둘러 정류장을 향해 출발했다. 밭 한가운데 길을 지나려니 갑자기 너무나도 그림이 그리고 싶어진다.

　도중에 신사의 숲 속에 나 있는 샛길을 지난다. 이 길은 나만이 알고 있는 지름길이다. 오솔길을 걷다가 문득 발 아래를 내려다보니 보리가 여기저기에 조금씩 자라고 있다. 이 파릇파릇한 보리를 보니 올해도 군대가 이 길을 지나갔다는 것을 알 수 있었다. 작년에도 군인들과 말이 이 신사의 숲에서 쉬었다 간 일이 있는데 얼마 뒤 그곳을 지나다 보니 오늘처럼 보리가 쑥쑥 자라 있었다. 그 이상은 자라지 않았지만……. 올해도 군대의 말이 지고 가던 통에서 떨어져 나와 이 길에서 싹을 틔운 보리는 응달진 이 어둑한 숲 속에서 힘없이 겨우 이만큼 자라다가 죽어버릴 것이다. 가엾게도······.

신사의 샛길을 빠져나온 후 역 근처에서 노동자 네댓 명과 만나게 되었다. 이 노동자들은 언제나 입에 담기도 싫은 말을 내게 토해낸다. 나는 어떻게 할까 망설였다. 이 사람들 사이를 재빨리 가로질러 지나치고 싶었지만 그들 사이를 헤집고 빠져나가는 건 너무 무서웠다. 그렇다고 가만히 서서 그들을 앞으로 보내고 거리가 멀어지기만을 기다리자니 그건 더 큰 담력이 필요한 일이었다. 사람을 뭘로 보느냐고 노동자들이 화를 낼지도 모르기 때문이다. 몸은 긴장되어 굳어지고 울고만 싶어졌다. 하지만 울고 싶어진 내 모습이 부끄러워서 일부러 그들에게 웃어 보인 뒤 천천히 그 뒤를 따라 걸어갔다. 그리고 그 뒤로는 아무 일도 없었다. 그러나 나는 전차에 탄 후에도 분한 마음이 사라지지 않았다. 별것도 아닌 이런 일에 냉정해질 수 있도록 하루 빨리 강해지고 싶었다.

전차 입구 바로 옆의 빈자리를 발견하고 짐을 내려놓은 뒤 스커트 주름을 가다듬고 앉으려는 찰나, 어느 안경 낀 남자가 내 짐을 치워버리고 그 자리에 앉아버렸다.

"저, 거기 제 자리인데요"라고 말했지만 남자는 쓴웃음을 짓고는 아무렇지도 않게 신문을 읽기 시작했다. 잘 생각해보니 어느 쪽이 뻔뻔한 건지 헷갈리기 시작했다. 내가 더 뻔뻔한 건지도 모르지.

할 수 없이 우산과 짐을 선반 위에 올려놓고 열차 손잡이에 매달려 언제나처럼 잡지를 읽으려고 책장을 넘기다가 문득 엉뚱한 생각을 했다.

만약 책이란 것이 없었다면 인생 경험도 없는 나는 이럴 때 그저 울상만 짓고 있었을 것이다. 그만큼 나는 책에 적힌 것들에 의지하고 있다. 한 권의 책을 읽다 보면 어느새 그 책에 동화되어 그것을 신뢰하고 여기에 내 생활을 접목시킨다. 그리고 다른 책을 읽으면 이번엔 새로운 책에 맞춰 나는 180도 변해버린다. 다른 사람의 생각을 훔쳐 나의 것으로 다시 만들어내는 이 교활한 재능은 내 유일한 특기이다. 정말이지 이 교활한 속임수에는 나도 두손들었다. 매일매일 실수를 거듭하면서 남 앞에서 창피를 당하다 보면 조금은 어른스러워질지도 모른다. 하지만 어떻게 해서든 이런 실수조차도 나에게 유리하게 해석할 수 있는 그럴듯한 논리를 만들어 다른 사람 앞에서 불쌍한 척 연기하는 것도 잘 해낼 수 있을 것 같다(지금 이 대사도 어느 책에선가

읽은 적이 있다).

정말이지 무엇이 진짜 내 모습인지 모르겠다. 더는 읽을 책이 없어지고 흉내 낼 만한 견본을 찾을 수 없게 되었을 때 대체 난 어떻게 될까. 아무 일도 못 하고 위축되어 그저 한없이 코만 풀고 있을지 모른다. 어쨌든 전차 안에서 이렇게 매일 쓸데없는 생각만 하고 있어 봤자 변하는 것은 아무것도 없다. 내 몸에 남은 이상한 온기가 참을 수 없이 싫다. 뭔가 해야 해, 어떻게든 해야 한다고 생각하면서도 어떻게 해야 나를 바로 세울 수 있는지 모르겠다. 지금까지의 나의 자아비판이 너무 무의미하게 느껴졌다. 아무리 호된 비판을 하다가도 조금이라도 약한 부분을 발견하면 금방 거기에 매달려 자신을 위로해버리기 때문이다. 빈대 잡으려다 초가삼간 다 태우는 건 바보 같은 짓이지, 매번 같은 결론을 내버리니 비판이고 뭐고 다 소용없는 짓이다. 아무 생각도 하지 않는 편이 오히려 양심적이라 할 수 있을 것이다.

잡지에 '젊은 여성들의 결점'이라는 타이틀로 여러 인사가 쓴 글이 실려 있다. 읽고 있으려니 왠지 내 얘기를 하는 것 같아 부끄러워졌다. 여기에 글을 쓴 사람을 보니 평소에 사람들이 바보라 생각했던 사람은 역시 바보 같은 애기를 하고 있었고, 사진으로 봐서 멋쟁이로 보이는 사람은 멋진 말을 하고 있었는데 나는 그 사실이 너무 재미있어서 가끔씩 키득키득 웃으며 잡지를 읽어 나간다. 종교가는 신앙을 외쳐대고, 교육자는 처음부터 끝까지 은혜를 이야기한다. 정치가는 한시를 거들먹대고, 작가는 멋진 척 근사한 말들을 늘어놓고 있다. 그러나 모두 뻔한 얘기만을 늘어놓고 있을 뿐이다.

젊은 여성은 개성도, 깊이도 없을뿐더러 올바른 희망이나 야심 같은 것과도 거리가 멀다. 말하자면 이상(理想)이 없다. 비판은 있지만 자신의 생활과 직접 연관지을 수 있는 적극성이 없고 반성도 없다. 진정한 자각과 자기애, 신중함이 결여되어 있다. 용기 있는 행동을 하더라도 그로 인한 모든 결과에 책임을 질 수 있을지 의문이다. 자기 주위의 생활 양식에 적응하고 그것을 처리하는 데는 뛰어나지만 자신과 주변의 생활에 대해 강하고 올바른 애정을 가지고 있지 않다. 진정한 의미에서의 겸손함이 없다. 독창성은 없고 단순한 모방만 있을 뿐이다. 인간 본래의 '사랑'이라는 감각이 결여되어 있다. 우아한 척하지만 기품이 없다. 이 밖에도 여러 가지 이야기가 쓰여 있었는데 읽다 보니 정신이 번쩍 드는 내용도 많았음을 부정할 수는 없다.

하지만 여기에 쓰인 말 전부가 어쩐지 그저 낙관적인 내용뿐이어서 이 사람들의 평소 마음과는 동떨어진 채 그냥 한번 이런 글도 써보고 싶었다고 말하는 듯했다. '진정한 의미에서'라든가 '본래의' 같은 말이 자주 나왔지만 '본래의' 사랑과 '본래의' 자각이 무엇인지는 확실히 마음에 와닿지 않았다. 글을 쓴 사람들은 알고 있을지도 모른다. 그렇다면 좀더 구체적으로 딱 잘라서 권위 있게 손가락으로 가리켜주는 편이 훨씬 더 고마울 텐데. 왼쪽으로 가라든가 오른쪽으로 가라고. 우리는 사랑을 표현할 방향을 잃어버렸으니 이것도 안 되고 저것도 안 된다는 식의 말보다 이렇게 해, 저렇게 해 하고 딱 잘라서 명령해주면 모두 그대로 따를 것이다. 아무도 그럴 자신이 없는 걸까? 잡지에 의견을 발표하는 사람들도 언제 어디서나 이런 의견을 갖는 건 아닐지도 모른다. 올바른 희망과 야망이 없다고 꾸짖고 있지만 우리가 올바른 이상을 좇아 행동한다면 이 사람들이 언제까지나 우리를 지켜보고 인도해줄 것인가.

우리는 어렴풋하지만 자신이 가야 할 최선의 장소와 가고 싶어하는 아름다운 곳, 자신을 성장시키는 곳을 알고 있다. 좋은 생활을 유지하고 싶다는 생각도 해본다. 그렇다면 이야말로 올바른 희망과 야망을 갖고 있는 것이 아닌가.

우리는 그저 기댈 만한 굳건한 신념을 갖고 싶어하며 초조해한다. 하지만 이 모두를 지금처럼 딸의 생활 안에서 이루려면 얼마만큼의 노력이 필요할까. 어머니나 아버지, 언니, 오빠 들의 사고 방식도 있을 것이다(입으로는 낡았네 뭐네 하지만 결코 인생의 선배나 노인, 기혼자 들을 얕보는 것은 아니다. 오히려 두 번이고 세 번이고 그들의 말을 주의 깊게 들을 것이다). 또 가까운 친척이나 알고 지내는 사람들, 친구들 그리고 거대한 힘으로 우리의 등을 떠미는 '세상'이라는 것이 있다. 이 모든 것을 보고 듣고 생각하면 내 개성을 펼치는 것 따위는 지금 여기서 고민거리도 되지 않는다. 수많은 보통 사람들처럼 그저 눈에 띄지 않게 아무 말 없이 똑같은 길을 걸어가는 것이 가장 현명할 것이라는 생각이 든다.

소수에게 해야 할 교육을 모든 사람에게 한다는 건 너무도 가혹한 일이라고 생각한다. 학교에서 이루어지는 도덕 교육과 세상의 규칙 사이에는 너무 많은 차이가 난다는 것을 자라면서 조금씩 알게 되었다. 학교에서 배운 것을 그대로 지키는 사람은 바보 소리를 들으며 별난 사람이라는 수군거림을 듣는다. 그래서 출세도 못하고 언제나 가난하게 살아야 한다. 거짓말을 하지 않는 사람이 과연 있을까?

만약 그런 사람이 있다면 그는 영원히 패배자일 수밖에 없다. 내 친척 가운데도 올바르고 굳은 신념을 가지고 이상을 추구하며 진정한 의미의 삶을 살아가는 이가 있는데 친척들은 모두 그를 헐뜯고 바보 취급한다.

    나는 이렇게 바보 취급 받을 것을 알면서 엄마나 친척들의 반대를 무릅쓰면서까지 내 생각을 주장하지는 못한다. 두렵기 때문이다. 어릴 적에는 나도 내 생각과 다른 사람의 생각이 완전히 다르다는 생각이 들 때면 엄마에게 "어째서?"라고 물었다. 그러면 엄마는 "그건 나빠, 불량한 짓이야"라고 한마디로 딱 잘라 말하곤 화를 내며 슬퍼했던 것 같다. 아버지에게 물어본 적도 있다. 그러나 아버지는 그저 말없이 웃기만 하셨다. 그리고 나중에 엄마에게 "마음이 비뚤어진 아이야"라고 말씀하셨다고 한다. 나는 자라면서 점점 겁쟁이가 되어버렸다. 옷 한 벌을 만들 때에도 다른 사람들이 어떻게 생각할지를 먼저 생각하게 되었고, 나만의 개성을 추구하길 원하면서도 그것을 확실하게 내 것으로 표현하는 일을 무서워하게 되었다. 다른 사람들 앞에서는 착한 아이가 되려고 노력했다. 많은 사람들이 모여 있으면 나 자신이 얼마나 비굴해지는지 입에 담고 싶지 않은 거짓말을 내 기분과는 아무 상관 없이 잘도 지껄여댔다.

사실은 그러기가 너무 싫었지만 그렇게 하는 편이 오히려 낫다는 생각을 한다. 어서 빨리 도덕의 기준이 변해버리는 때가 오면 좋겠다. 그러면 나 자신을 위해 비굴해지는 일도, 다른 사람의 마음에 들려고 힘들게 생활하는 일도 없을 텐데.

아! 저기, 자리가 났다! 서둘러 선반에서 우산과 짐을 내려 재빨리 그 자리에 끼어 앉았다. 오른쪽에는 중학생, 왼쪽에는 아이를 업은 아주머니가 앉아 있었다. 아주머니는 나이에 어울리지 않는 진한 화장을 하고 머리는 최근 유행하는 파마를 했다. 예쁜 얼굴이지만 목 주변의 시커먼 주름이 왠지 한심스럽게 느껴졌다.

사람은 서 있을 때와 앉아 있을 때 완전히 다른 생각을 한다. 앉아 있으면 왠지 맥없고 무기력한 것들을 생각하게 된다. 건너편 자리에는 서른 살 정도 되는 비슷한 또래의 샐러리맨으로 보이는 남자가 네댓 명 멀뚱하게 앉아 있다. 하나같이 맘에 들지 않는다. 눈동자는 탁하고 의욕이 없어 보인다. 그러나 내가 만약 이 중의 누군가에게 살짝 웃어준다면 겨우 그 웃음 한 번으로 나는 질질 끌려가듯 그 사람과 결혼해야 할지도 모른다. 여자가 자신의 운명을 결정하는 데는 웃음 한 번이면 충분하다. 정말 놀랍도록 무서운 일이다. 앞으로 조심해야 할 일이다.

오늘 아침은 정말 이상한 생각을 많이 하는 것 같다. 이삼 일 전부터 우리 집 정원을 손봐주러 오는 정원사 얼굴이 눈앞에 어른거린다. 그는 그저 정원사일 뿐인데 얼굴 분위기가 왠지 남달랐다. 조금 과장해서 말하자면 사색가 같은 얼굴을 하고 있었다. 전체적으로 검은 얼굴색에 멋진 눈을 가지고 있었는데 의지가 강해 보이는 것이 참 보기 좋았다. 입술 모양도 그럭저럭 괜찮았지만 귀는 조금 지저분했다. 손만을 놓고 보면 다시 정원사로 돌아가는 듯한 느낌이 들었지만 검정 중절모 그늘에 가린 얼굴은 역시 정원사로 살기엔 아까워 보였다. 엄마에게 저 정원사가 본래부터 정원사였을까를 몇 번이고 묻다가 결국 야단을 맞고 말았다.

오늘 짐을 싼 보자기는 그 정원사가 우리 집에 처음 오던 날 엄마에게 받은 것이다. 그날은 대청소를 하는 날이었기 때문에 부엌 수리공에서부터 바닥 수리공까지 다녀갔는데 엄마가 장롱 정리를 하다가 발견한 보자기를 내가 갖겠다고 한 것이다. 여성스런 문양의 너무 고운 보자기여서 묶는 것이 아까울 정도다. 나는 무릎 위에 보자기 꾸러미를 올려놓고 몇 번이고 그것을 바라보며 만작거렸다. 이 예쁜 보자기를 전차 안의 다른 사람들도 봐주면 좋으련만 아무도 쳐다보지 않았다. 잠깐만이라도 좋으니 보자기를 봐준다면 나는 그 사람과 결혼해도 좋다고 생각했다.

'본능'이라는 말과 부딪히면 왠지 울고 싶어진다. 우리의 의지로는 어찌할 수 없는 것이 본능의 어마어마한 힘이라는 것을 번번이 확인하게 될 때면 미칠 것만 같은 기분이 되어 어쩔 줄을 모르고 멍해진다. 긍정도 부정도 할 수 없는, 그저 엄청나게 커다란 무언가가 내 머리 위를 덮으며 내려와서 제멋대로 끌어내 돌려버리는 것이다. 끌려가면서 만족스러워하는 기분과 그것을 슬픈 눈으로 바라보는 또 다른 감정. 우리는 왜 혼자 만족하고 평생토록 자신만을 사랑하며 살 수 없는 걸까? 지금까지의 자신의 감정과 이성이 본능에게 잡아먹히는 것을 바라보고 있는 것은 한심한 일이다. 조금이라도 자신을 잊은 뒤에는 그저 실망만이 남을 뿐이다. 이런 내 자신에게도 저런 내 자신에게도 본능이라는 것이 분명히 존재한다는 것을 알게 되는 건 슬픈 일이다. 엄마, 아빠를 힘껏 부르고 싶어진다. 그러나 진실이라는 것은 의외로 내가 아니라고 생각한 곳에 있을지도 모르기에 더더욱 슬퍼졌다.

오차노미즈 역에 도착하여 플랫폼에 내려서자 지금까지의 모든 생각들이 한순간에 자취를 감춰버렸다. 방금 전에 지나간 생각들을 다시 떠올리려고 했지만 왠지 생각이 나지 않는다. 그 다음을 생각하려고 애썼지만 머릿속이 텅 빈 것처럼 아무것도 생각나지 않았다. 간혹 내 기분을 감동시킨 것도 있었을 테고, 괴롭고 부끄러운 것들도 있었을 텐데 막상 이렇게 지나고 나면 아무 일도 없었던 때와 똑같아진다. '지금'이라는 순간은 참 재미있다. 지금, 지금, 지금을 손가락으로 누르고 있는 이 순간에도 '지금'은 멀리 달아나버리고 새로운 '지금'이 다가온다. 다리의 계단을 타박타박 걸어 올라가며 우습다는 생각을 했다. 어쩐지 바보 같다. 어쩌면 나는 조금 지나치게 행복한 것인지도 모른다.

오늘 아침의 고스기 선생님은 아름다웠다. 내 보자기처럼 예쁜 그녀는 청색이 잘 어울리는 아름다운 선생님이다. 가슴에 단 진홍색 카네이션이 눈에 띈다. 의식적으로 폼 잡으려는 것만 없다면 이 선생님을 훨씬 좋아했을 텐데 예쁜 척 너무 폼을 잡아서 어딘가 어색하다. 항상 저렇게 유지하려면 꽤 피곤할 것이다. 성격도 어딘지 모르게 이해하기 힘든 면이 있어서 알지 못할 사람이다. 어두운 성격인 주제에 무리해서 밝은 성격인 것처럼 보이려고 하는 것도 속이 빤히 들여다 보인다. 그런데도 매력적인 여성인 것만은 틀림없다. 학교 선생으로 두기에는 아까운 사람이라고 생각한다. 학교에서의 인기가 예전 같진 않지만 그래도 나는 전과 똑같이 매력적이라고 생각한다. 깊은 산속 호수 옆의 고성(古城)에 사는 아가씨 같은 느낌이랄까. 이런, 칭찬을 해버리고 말았군.

고스기 선생님의 수업은 왜 항상 이렇게 딱딱한 걸까? 머리가 나쁜 게 아닐까 하는 생각을 하자 왠지 슬퍼졌다. 그녀는 아까부터 애국심에 대해 장황하게 늘어놓고 있는데 그런 건 누구나 다 아는 얘기 아닌가! 누구나 자기가 태어난 곳을 사랑하는 마음 정도는 있다. 아, 재미없어라. 책상 위에 턱을 괴고 물끄러미 창밖을 내다보았다. 바람이 세게 불어서인지 구름이 아름답다. 정원 구석에 장미꽃 네 송이가 피어 있다. 노란 장미 한 송이, 흰 장미 두 송이, 분홍색이 한 송이다. 물끄러미 꽃을 바라보며 꽃의 아름다움을 발견하고 꽃을 사랑할 수 있다니 인간에게도 좋은 점이 있다는 생각이 들었다.

점심 시간이 되자 귀신 얘기로 시끌벅적하다. 야스베 언니가 우리 학교 7대 불가사의 중 하나인 '열리지 않는 문'에 관한 얘기를 하자 모두 깔깔거리며 비명을 질러댄다. 갑작스레 놀래키는 얘기가 아닌 심리적인 공포를 주는 이야기라 재미있다고 생각한다. 하도 소란을 피운 탓인지 막

점심을 먹었는데 금방 또 배가 고파져서 단팥빵 부인에게 캐러멜을 얻어먹었다. 그리곤 다시 괴담 이야기에 빠져든다. 사람이라면 누구든 귀신 얘기에는 흥미가 일기 마련인가 보다. 일종의 자극제인가 보다. 귀신 얘기는 아니지만 구하라 사스노스케〔久原房之助:1869~1965. 일본의 유명한 사업가이자 정치가로 일본 4대 광산 중 하나인 히타치 광산을 개발한 것으로 유명함〕얘기도 나왔다. 정말 재미있었다.

오후의 미술 시간에는 모두 밖으로 나와 사생화 수업을 받았다. 이토 선생님은 왜 항상 나를 이유 없이 난처하게 만들까. 선생님은 오늘도 나에게 자신의 그림 모델이 되어 달라고 하셨다. 아침에 들고 나온 낡은 우산을 가지고 반 아이들과 소란을 피우다가 선생님 눈에 띄어 이렇게 교정 구석의 장미 옆에 우산을 들고 서서 모델 노릇을 하게 되었다. 선생님은 이런 내 모습을 그려서 이번 전람회에 출품을 하신단다. 딱 삼십 분만 모델을 하기로 승낙했다. 조금이라도 다른 사람에게 도움이 된다는 것은 기쁜 일이니까. 그러나 이토 선생님과 마주보고 있는 것은 정말 정말 피곤한 일이다. 느끼한 말투에다 조목조목 따지는 스타일이었고 가뜩이나 나를 의식한 탓인지 스케치를 하면서도 계속 내 얘기만 했다. 일일이 대꾸해주기가 귀찮았다. 정말

이해하기 힘든 사람이다. 갑자기 웃지를 않나, 선생님이면서 내 앞에서 부끄러워하지를 않나, 무엇보다도 느끼한 것이 가장 참을 수 없다.

"널 보면 죽은 여동생이 생각나는구나."

정말 참기 힘든 선생님의 말이었다. 사람은 좋은 사람 같지만 어째 제스처가 너무 많다.

제스처라면 나도 그에 지지 않을 정도로 많은 사람이다. 뿐이랴. 약삭빠르기까지 해서 요령도 좋은 편이다. 그러나 눈에 거슬리는 정도가 그 선생님 수준이라면 정말이지 처치 곤란이다.

"나는 너무 폼을 잡아서 그 폼에 질질 끌려 다니는 거짓말쟁이 몬스터다."

사실 이런 대사를 자주 읊는다는 것 자체가 폼을 잡는 것 아닌가. 정말 못 말린다.

이렇게 얌전히 선생님의 모델을 하고 있으면서도 마음속으로는 계속 '자연스러워지고 싶다, 솔직해지고 싶다'는 기도를 하고 있었다. 책 읽는 건 그만 때려치워! 관념뿐인 생활이야. 무의미하고 시건방지게 아는 척하는 것도 밥맛이야. 나에게는 생활의 목표가 없다. 삶에 대해, 인생에 대해 좀더 적극적이면 좋으련만 나에게는 모순이 많다. 한껏 꼬리에 꼬리를 무는 고민에 빠져 있는 척하지만 그것도 결국에는 그저 시시한 감상에 불과하다. 스스로를 가여워하고 위로하는 것뿐이다. 게다가 스스로를 너무 높이 평가해. 아아, 이토록 마음이 지저분한 나를 모델로 삼다니 아름다운 그림이 나올 리 없지. 선생님의 그림은 분명 예선 탈락이다. 이런 말을 하면 안 되겠지만 이토 선생님이 천진한 바보처럼 보인다. 그는 내 속옷에 장미꽃 모양의 자수가 있다는 것조차 모르고 있다.

가만히 서서 똑같은 자세를 취하고 있는데 갑자기 돈이 있었으면 좋겠다는 생각이 든다. 10엔이 있으면 제일 먼저 『퀴리부인』을 사서 읽을 텐데……. 그리고 문득 엄마가 오래 살았으면 좋겠다는 생각을 한다. 이토 선생님의 모델 노릇은 왠지 힘들고 피곤하다.

망과 후에는 설십 날인 신쿄와 몰래 할리우드 미용실에 가서 머리를 새로 했다. 완성된 머리 스타일이 내가 부탁했던 것과 다르게 나와서 무척 마음이 상했다. 아무리 봐도 귀엽지 않은 내 모습을 보며 한심스런 생각이 들었다. 정말이지 기운이 빠진다. 이런 곳까지 와서 몰래 머리를 하다니, 한 마리 추한 암탉 같다. 몹시 후회스러웠다. 이런 곳에 온 건 우리 자신을 경멸하는 일이라는 생각이 들었다.

긴코는 무척 즐거워했지만.

"이대로 선이나 보러 갈까."

긴코는 엉뚱한 소리를 하며 자신이 맞선을 보러 간다고 착각이라도 하는지 다시 묻는다.

"이런 머리엔 어떤 색 꽃이 어울릴까?"

"기모노를 입을 땐 어떤 허리띠를 매는 게 좋을까?"

이런 질문을 진지하게 던지는 것이다. 정말이지 아무 생각도 없는 귀여운 아이다.

"맞선 보기로 한 사람은 어떤 사람인데?"

내가 웃으며 묻자 긴코는 시치미를 떼며 대답했다.

"떡집 주인은 떡집 주인이라야 하지."

나는 조금 놀라서 그게 무슨 소리냐고 물었다.

"절집 딸은 절로 시집가는 게 제일 속 편한 거야. 평생 먹고살 걱정은 안 해도 되잖아."

긴코는 나를 또 한 번 놀라게 했다.

긴코는 성격도 무난할뿐더러 무지무지하게 여성스러운 아이다. 학교에서는 그녀의 옆자리에 앉기만 했지 별로 잘해준 것도 없는데 긴코는 나를 '가장 친한 친구'라고 모두에게 말하는 귀여운 아이다. 이틀에 한 번씩 나에게 편지를 쓰고, 이것저것 알게 모르게 챙겨주는 건 고맙지만 오늘은 너무 소란을 피워대는 것이 짜증이 났다.

긴코와 헤어져 버스에 올랐는데 버스 안에서 이상한 여자를 보았다. 그 여자는 목 둘레가 새까만 기모노를 입고 부스스한 빨간 머리를 빗으로 틀어 올린 수상한 차림새를 하고 있었다. 남자인지 여자인지 구별하기가 어려운, 화가 난 듯한 검붉은 얼굴에 가슴이 울렁거릴 만큼 커다란 배를 하고서 가끔씩 혼자 히죽히죽 웃고 있는 모습이 마치 암탉 같았다. 몰래 머리 하러 할리우드 같은 곳에 가는 사람이나 이 여자나 별반 다를 게 없다.

오늘 아침 전차에서 옆에 앉았던 두꺼운 화장을 한 아줌마가 생각난다. 아아, 너저분해, 너저분하다. 여자인 나는 여자들 속의 불결함을 너무도 잘 알고 있기에 이를 갈 정도로 여자라는 생물이 싫다. 금붕어를 가지고 놀다가 비린내가 그만 온몸에 잔뜩 배어 씻어도 씻어도 지워지지 않았던 것처럼 나도 이렇게 날마다 내 체취를 발산하며 살게 되는 건 아닐까 하는 생각을 하면 더욱 끔찍해서 지금 이대로 소녀인 채로 죽었으면 좋겠다고 강렬한 기도를 하게 된다. 문득 병에 걸리면 좋겠다는 생각을 한다. 중병에 걸려 비오듯 땀을 쏟아내고 바싹 몸이 마르면 나도 조금은 청초해 보일까. 운명이란 살아 있는 한 도저히 피할 수 없는 것일까. 제대로 된 종교의 의미를 이제 조금 알 것 같기도 하다.

버스에서 내리자 조금 숨통이 트였다. 버스나 열차 안의 공기는 미지근해서 참을 수가 없다. 역시 땅이 좋아. 흙을 밟으며 걷고 있노라면 나 자신이 좋아진다. 아무래도 나는 좀 경박한 사람인 것 같다. 너무 속 편하게 사는 건가? '두껍아, 두껍아, 헌집 줄게, 새집 다오, 두껍아, 두껍아, 잘 가거라.' 작은 소리로 노래를 흥얼거리다가 난 어째 이리 속이 편한 아이일까 하는 생각에 답답해져서 키만 부쩍 큰 내가 얄미워졌다. 앞으로는 좋은 아이가 되겠다고 다짐한다.

집으로 돌아오는 이 시골길은 매일같이 보고 눈에 익어서 그런지 얼마나 한적한 시골인지도 잊고 있었다. 이곳은 그저 나무와 길과 밭밖에는 없는 진짜 시골길이었다. 오늘은 타지에서 처음 이곳을 방문한 사람의 흉내를 내어보자. 나는 음, 간다 근처 신발 가게 집안의 아가씨로 태어나 처음 교외로 외출한 것이다. 그녀에게 이 시골은 대체 어떻게 보일까? 멋지고도 왠지 처량해 보이는 것으로 하자. 나는 표정을 가다듬고 과장해서 주위를 두리번거렸다. 오솔길을 내려오다가 고개를 들어 막 돋아난 푸른 가지들을 바라보며 "어머나" 하고 작은 탄성을 질렀다. 다리를 건너다 말고 잠시 강물을 들여다보며 물에 비친 내 얼굴을 보고 "멍멍" 강아지처럼 짖어보기도 하고, 눈을 가늘게 뜨고 멀리 있는 밭을 바라보면서 멍하니 바람을 맞다가 "예쁘구나"라고 중얼거리며 한숨을 내쉬기도 했다. 신사에서 한숨 돌린 뒤 신사 안쪽의 어두운 숲을 총총걸음으로 지났다. "아이, 무서워" 하며 어깨를 움츠리고 숲을 빠져나와서는 숲 밖의 밝은 풍경에 새삼 놀란 척해 보인다. 새롭다, 새롭다고 마음속으로 되새기며 시골길을 열심히 걷다가 왠지 참을 수 없는 외로움이 밀려와 길가의 풀밭에 털썩 주저앉아버렸다. 풀 위에 앉고 보니 방금 전까지 들떠 있던 기분이 '탁' 하는 소리와 함께 풀리며 한순간에 현실로 돌아왔다. 그리고 최근의 나 자신에 대해서 가만히 생각해보았다. 요즘 들이 내 모습은 왜 이렇게 잘못되어가는 걸까. 어째서 이렇게 불안한 거지? 언제나 뭔가를 두려워하고 있다. 얼마 전에도 누군가에게 "넌 점점 천박해지는구나" 하는 말을 들었다.

그럴지도 모른다. 나는 분명 잘못되어가고 있고 쓸모없어지고 있다. 아냐 아냐, 이건 아냐, 난 약해, 약해 빠졌다구! 갑자기 큰 소리를 지를 뻔했다. 피, 그런 식으로 큰 소리로 외치며 약한 모습을 감추려 해봤자 소용없어. 뭔가 다른 수를 쓰라고. 나는 사랑에 빠진 건지도 모른다고 생각하며 푸른 초원에 누워 뒹굴었다.

"아빠" 하고 불러보았다. 아빠, 아빠! 석양이 지는 하늘이 예쁘네요. 저녁 무렵의 안개는 핑크빛이에요. 저녁의 햇살이 안개 속에 녹아들어 안개가 이렇게 부드러운 핑크색이 된 거랍니다. 그 핑크색 안개가 흘러 흘러 나무 사이를 헤엄치고, 길 위를 걸어가 초원을 쓰다듬고, 그러고는 내 몸을 살짝 감쌉니다. 제 머리카락 한 올 한 올까지 슬며시 핑크색으로 물들이며 부드럽게 어루만져주네요. 아, 오늘 하늘은 정말 너무 아름다워서 난생 처음 고개를 숙이고 싶은 심정입니다. 저는 이 순간 신을 믿습니다. 이 하늘 빛은 대체 무슨 색이라고 해야 할까…… 장미, 불꽃, 무지개, 천사의 날개, 대사원의 빛깔? 아니 그것보다는 좀더, 조금 더 숭고한 그 무엇.

'모든 것을 사랑하고 싶다'고 눈물이 날 정도로 생각했습니다. 가만히 하늘을 바라보고 있으니 하늘이 점점 푸른 빛으로 변해갑니다. 그저 한숨을 내쉬며 걸치고 있던 옷을 전부 벗어 던지고 싶습니다. 지금처럼 나뭇잎이나 풀이 투명하고 아름답게 보인 적이 없었어요. 투명한 풀을 살며시 만져보았습니다.

아빠, 저는 아름답게 살고 싶어요.

집에 돌아와 보니 엄마와 손님이 한 분 계셨다. 손님이 오시면 항상 지금처럼 떠들썩한 웃음소리가 들려온다. 엄마는 단둘이 있을 땐 얼굴이 아무리 웃고 있어도 소리 내어 웃지는 않는다. 그러나 손님과 이야기할 때는 얼굴은 조금도 웃지 않지만 큰 소리로 소리 내어 웃는다. 손님에게 인사를 하고 바로 뒤로 돌아가 우물가에서 손을 씻었다. 양말을 벗고 발을 씻고 있으니 생선 파는 아저씨가 와서 "오래 기다리게 해서 미안합니다. 항상 이용해주셔서 감사합니다"라며 커다란 생선 한 마리를 놓고 갔다. 무슨 생선인지는 모르겠지만 비늘이 촘촘한 것을 보니 홋카이도에서 잡은 놈인 것 같았다. 생선을 접시에 옮겨놓고 다시 손을 씻으러 우물가로 갔더니 홋카이도의 여름 냄새가 났다. 재작년 여름 방학 때 홋카이도에 있는 언니네 집에 놀러 갔던 때가 생각난다.

도마코마이에 있는 언니네 집에서는 해안 근처인 탓인지 끊임없이 생선 냄새가 났다. 저녁 무렵 덩그러니 넓은 그 집 부엌에서 언니 혼자 그 하얗고 여성스런 손으로 능숙하게 생선을 요리하던 모습이 선명하게 떠오른다. 순간 왠지 언니에게 너무나도 응석을 부리고 싶었지만 그때는 이미 조카 토시가 태어난 후였기 때문에 언니가 더는 나만의 것이 아니란 생각이 들었다. 그런 생각을 하자 언니의 어깨에 매달릴 수 없는 것이 죽고 싶을 만큼 쓸쓸해져서 문틈으로 불어오는 찬 바람을 맞으며 그 어두컴컴한 부엌 구석에 우두커니 서서 정신이 아득해질 정도로 열심히 움직이는 언니의 손가락을 뚫어져라 바라보았던 기억이 떠오른다. 지나간 일들은 모두 그리운 추억이 된다. 가족이란 건 참으로 신비하다. 타인이라면 멀리 떨어져 있을수록 그에 대한 기억이 점점 흐릿해지고 잊혀지기 마련인데 가족은 오히려 더욱 보고 싶고 아름다운 기억들로 떠오르니 말이다.

우물가의 보리수나무 열매가 불그스레한 빛을 띠고 있다. 2주 정도 지나면 먹을 수 있을 만큼 익을 것 같다. 작년에 이런 일이 있었다. 어느 날 저녁 혼자 보리수 열매를 따서 먹고 있는데 옆에서 쟈피가 가만히 보고 있길래 불쌍해서 열매 하나를 던져주었다. 맛있게 열매를 먹는 쟈피를 보고 다시 두 개를 던져주었더니 그것도 맛있게 먹어치웠다. 그 모습이 너무 재미있어서 나뭇가지를 흔들어 열매를 마구 떨어뜨려주었더니 쟈피는 정신없이 열매를 먹기 시작했다. 바보 같은 녀석. 보리수 열매를 먹는 개가 있다는 말은 들어본 적도 없다. 나는 손을 뻗어 열매를 따 먹었고 바닥에서는 쟈피가 열매를 열심히 주워 먹고 있었다. 정말 재미있는 기억이다. 그 일을 떠올리자 쟈피가 보고 싶어져서 "쟈피!" 하고 불러보았다. 그러자 쟈피가 현관 쪽에서 쪼르르 뛰어왔다. 갑자기 쟈피가 너무나도 사랑스러워 꼬리를 꽉 쥐었더니 내 손을 가볍게 물었다. 눈물이 날 것 같은 기분에 쟈피의 머리를 툭 한 대 때려주었다. 쟈피는 아무렇지도 않은 듯 우물가의 물을 소리 내며 마신다.

방 안으로 들어가자 전등에 불이 들어와 있다. 아버지가 안 계신 방은 너무도 조용했다. 역시 아버지가 안 계시니 집 안 어딘가에 커다란 공석이 텅 하고 놓여 있는 듯한 괴로운 기분이 들어 몸부림치고 싶어진다. 옷을 갈아입고 벗어 던진 속옷에 새겨진 장미 자수에 살짝 입을 맞춘다. 화장대 앞에 앉아 있으려니 손님 방에서 들려오는 엄마의 왁자지껄한 웃음소리에 나도 모르게 짜증이 났다. 단둘이 있을 때는 괜찮은데 손님만 찾아오면 갑자기 나에게서 멀어져 서먹서먹하고 차가워진다. 이럴 때 가장 아버지가 그립고 슬퍼진다.

거울을 들여다본다. 내 얼굴은 이상하다 싶을 정도로 생기 있어 보인다. 얼굴은 타인이다. 내 슬픔이나 괴로움

같은 마음과는 전혀 별개로 자유롭게 살아간다. 오늘은 볼 터치도 하지 않았는데 볼이 불그스레하고 입술도 붉게 빛나는 것이 그렇게 예뻐 보일 수가 없다. 안경을 벗고 살짝살짝 웃어보았다. 맑고 푸르디푸른 눈이 너무나도 맘에 든다. 아름다운 저녁 하늘을 오랫동안 바라보고 있어서 이렇게 눈이 예뻐진 걸까? 야호, 신난다!

들뜬 마음으로 부엌에 가서 쌀을 씻고 있자니 또 괜스레 서글퍼졌다. 전에 고가네이에 있던 집이 그리웠다. 가슴이 타버릴 것처럼 그리웠다. 그 멋진 집에 살던 시절에는 아버지도 언니도 있었고 엄마도 지금보다 훨씬 젊었다. 학교에서 돌아오면 엄마와 언니는 부엌이나 다실(茶室)에서 뭔가 즐겁게 얘기를 나누고 있었다. 나는 간식을 받아 먹은 뒤 두 사람에게 응석을 부리거나 언니에게 시비를 걸어 항상 혼이 나곤 했는데 그럴 때면 밖으로 뛰쳐나가 자전거를 타고 멀리까지 나가곤 했다. 그리고 저녁때가 되면 다시 돌아와 즐거운 저녁을 먹었다. 스스로를 응시하거나 삐딱해지는 일 없이 그저 응석부리며 지낼 수 있었던 즐거운 시절이었다. 얼마나 큰 특권이었던가! 평온했고 걱정도, 외로움도, 괴로움도 없었다. 훌륭하고 멋진 아버지와 자상한 언니. 나는 그런 언니 옆에 언제나 꼭 붙어 다녔다. 그러나 조금씩 커가면서, 무엇보다 내 자신을 미워하게 되면서부터 그런 특권은 어느새 사라지고 부끄러운 벌거숭이가 되어버렸다. 다른 사람에게 점점 어리광도 부리지 못하고 언제나 생각에 잠겨 괴롭게 고민하는 일이 많아졌다. 언니는 멀리 시집가버렸고 아버지는 이제 안 계신다. 이제 엄마와 나 이렇게 단둘이 남겨졌다. 엄마도 몹시 쓸쓸하겠지. 얼마 전 엄마는 이런 말씀을 하셨다.

"이제는 살아도 재미가 없어. 널 보고 있어도 조금도 즐겁지가 않구나. 미안하다. 아버지가 안 계신다면 행복 따윈 찾아오지 않는 편이 나아."

모기가 날아다니는 것만 봐도 아버지 생각이 나고 바느질을 하면서도, 손톱을 자를 때도, 차가 맛있다고 생각할 때조차 아버지 생각이 나신다고 했다. 내가 아무리 엄마를 위로하고 이야기 상대를 해드린다 해도 역시 아버지 대신이 될 수는 없는 것이다. 부부 간의 사랑은 이 세상에서 가장 강한 것으로 부모자식 간의 사랑보다도 훨씬 존귀한 것임에 틀림없다.

잘 알지도 못하면서 건방진 생각을 한 탓인지 혼자서 얼굴이 붉어진 나는 젖은 손으로 머리를 쓸어 올렸다. 사락사락 쌀을 씻으며 나는 엄마가 가엾다는 생각이 들어 소중히 대해야겠다고 마음속으로 다짐했다. 이런 파마 머리는 당장 풀어버리고 머리를 길게 길러야지. 엄마는 전부터 짧은 머리를 싫어하셨으니까 길게 길러서 말끔하게 묶고 다니면 기뻐하실 거야. 하지만 그렇게까지 해서 엄마를 위로하고 싶지는 않다. 아니 싫었다. 잘 생각해보면 요즘 이렇게 짜증이 나는 건 거의 다 엄마와 관계가 있었다. 엄마 마음에 딱 드는 착한 딸이 되고 싶지만 그렇다고 엄마의 비위를 맞추는 것은 싫다. 가만히 있어도 엄마가 내 마음을 제대로 이해하고 안심하시면 좋을 텐데. 내가 아무리 제멋대로 행동해도 결코 세간의 웃음거리가 될 만한 일은 하지 않을 것이고, 괴롭고 쓸쓸해도 중요한 것은 반드시 지키며 엄마와 이 집을 사랑하고 사랑할 테니 엄마도 그런 믿음으로 그냥 아무 염려도 하지 않았으면 좋겠다. 나는 몸이 가루가 될 때까지 열심히 노력하여 반드시 훌륭한 사람이 될 것이다. 그것이 지금 나에게 있어 가장 큰 기쁨이자 앞으로 살아갈 길이라고 생각하고 있는데 엄마는 나에 대해 조금도 신뢰하지 않은 채 여전히 어린애 취급 하신다. 내가 어린애 같은 소리를 하면 엄마는 대단히 기뻐하시는데 요전번엔 우크렐레〔기타와 닮은 소형의 네 줄 현악기로 하와이 전통 악기〕를 꺼내 일부러 소란스럽게 줄을 튕기며 노는 모습을 보여드렸더니 몹시 기뻐하셨다.

"어머! 비가 오나? 빗방울 떨어지는 소리가 들리네."

엄마는 시치미를 뚝 떼며 나를 놀리는 것이었다. 내가 진심으로 우크렐레에 푹 빠졌다고 생각하시는 것 같은 엄마를 보자 왠지 눈물이 날 것 같았다. 엄마, 저도 이제 세상일 다 아는 어른이에요. 그러니까 안심하시고 무슨 일이라도 저와 의논하세요. 우리 집 가정 형편도 다 털어놓으시고 "이런 상태이니까 너도 알아두어라" 하고 말씀해주시면 멋모르고 구두 사달라고 조르지 않겠지요. 정신 바짝 차리고 절약하고 절약하는 딸이 되겠어요. 이건 정말 진심이랍니다. 그런데, 〈아아 그런데〉라는 노래가 생각이 나 혼자서 킥킥대며 웃고 말았다. 정신을 차리고 보니 나는 냄비에 두 손을 담그고 바보처럼 우두커니 생각에 빠져 있었다.

이러면 안 되지. 어서 손님에게 저녁 식사 대접할 준비를 해야지. 배달 온 그 아까 커다란 생선은 어떻게 할까. 일단 세 도막으로 잘라서 된장을 발라두면 맛있겠지. 요리는 모두 감으로 하는 거다. 오이가 조금 남아 있으니까 간장이랑 식초로 간을 해서 무쳐두고 내가 제일 자신 있어하는 달걀 프라이를 하자. 그리고 마지막으로 그래, 로코코 요리를 만들자! 로코코 요리란 내가 고안해낸 것으로 접시 하나하나마다 각각 햄과 달걀, 파슬리, 양배추, 시금치 및 부엌에 남아 있는 재료들을 긁어모아 색색으로 아름답게 배합하여 솜씨 좋게 담아내는 요리다. 특별한 손질이 필요 없는데다 경제적이고, 맛은 어떨지 몰라도 식탁을 화려하게 만들어 어딘지 모르게 잘 차려진 밥상처럼 보이게 한다. 달걀 옆에 초록색 파슬리, 그 옆에 햄으로 만든 붉은 산호초가 살짝 고개를 내밀고 있다. 접시에 깔아놓은 양배추의 노란 잎은 모란 꽃잎 같은 깃털로 만든 부채, 녹색의 시금치는 목장이나 호수를 연상시킨다. 이런 접시를 두세 개 식탁에 올리면 손님들은 어느새 프랑스 왕조를 떠올리게 된다. 뭐 그 정도까지는 아니더라도 난 어차피 맛있는 요리는 만들 줄 모르니까 적어도 시각적인 아름다움이라도 꾸며내어 손님들의 눈을 현혹시켜 그들의 혀를 속이는 것이다. 요리는 눈으로 먹는 거니까 적당히 꾸미기만 하면 얼버무릴 수 있답니다. 다만 이 로코코 요리는 상당한 예술적 감각을 필요로 한다. 색채의 배합에 있어 다른 누구보다 민감해야 하는 것이다. 즉 나 정도의 섬세한 감각이 있어야 할 수 있다는 것이다. 얼마 전에 사전에서 로코코라는 말을 찾아보았더니 "화려하지만 내용이 없는 장식 양식"이라고 정의되어 있었다. 너무도 딱 맞는 답이라 웃어버리고 말았다. 아름다움에 무슨 내용이 필요한가! 순수한 아름다움은 언제나 무의미하고 무도덕적인 것이다. 그래서 나는 로코코가 좋다.

항상 그렇지만 요리를 하며 이것저것 맛을 보고 있다 보면 갑자기 너무나도 허무해진다. 너무 신경을 많이 쓴 탓에 노력이 포화 상태에 이르러 죽을 것같이 피곤하고 우울한 것이다. 어느 순간 아무래도 좋다는 생각이 들면서 '에잇!' 하고 자포자기 상태에 빠져 맛이고 모양새고 다 내던지고 엉망진창으로 대충대충 차려서 잔뜩 찌푸린 얼굴로 손님에게 내놓는다.

오늘 온 손님들은 특히 우울했는데 오모리의 이마이다 씨 부부와 그 아들 요시오였다. 이마이다 씨는 이미 마흔 가까이 된 나이에도 얼굴이 뽀얘서 왠지 느끼하다. 왜 시키시마〔일본 메이지 시대에 처음 등장한 필터 담배〕 같은 담배를 피우는 걸까? 궐련 담배가 아닌 것은 왠지 불결해 보인다. 담배는 역시 궐련이다. 시키시마 같은 걸 피우는 사람을 보면 그의 인격까지 의심스러워진다. 천장을 향해 연기를 뿜으며 "아아, 과연 그렇죠" 같은 말을 중얼거리고 있는 이마이다 씨는 지금은 야학 선생을 하고 있다고 한다. 부인은 불안정해 보이는 작은 몸집에 품위가 없어 보였다. 재미도 없는 얘기에 머리가 바닥에 닿을 정도로 몸을 비틀며 목이 쉬어라 웃어댔다. 조금도 재미없는데 그렇게 과장해서 웃는 것이 무슨 예의라도 되는 양 착각하고 있다. 요즘 같은 시대에는 이런 프티 부르주아랄까 하급 관리 계급의 사람들이 가장 질 나쁘고 가장 지저분하지 않을까? 그 댁 아이도 왠지 건방지고 솔직한 맛이 전혀 느껴지지 않는다. 마음속으로는 이렇게 생각하면서도 나는 그런 마음을 억누르며 예의바르게 인사하고, 웃고, 얘기하고 요시오의 머리를 쓰다듬으며 귀엽다는 말을 연발했다. 완벽한 거짓말로 모두를 속여 넘기고 있는 나에 비하면 이마이다 씨 부부는 아직 순수한지도 모른다. 로코코 요리를 먹으면서 손님들이 음식 솜씨를 칭찬하자 나는 왠지 쓸쓸한 생각이 들었다. 화가 나고 눈물이 날 것 같았지만 꾹 참고 즐거운 얼굴로 나란히 앉아 밥을 먹었다. 그러나 끝날 줄을 모르고 이어지는 이마이다 부인의 의미 없는 칭찬에 짜증이 쌓이고 있었다. 드디어 '좋아, 이제 더 이상은 거짓말하지 말자'고 마음먹고 이렇게 말했다.

"음식이 정말 형편없지요? 아무것도 없어서 궁여지책으로 차린 거랍니다."

있는 그대로의 사실을 알렸는데 이마이다 씨 부부는 궁여지책이라니 겸손의 말씀이네 뭐네 하면서 손뼉을 치며 웃어넘기는 것이었다. 왠지 분한 마음에 젓가락도 밥그릇도 팽개치고 큰 소리로 울어버릴까 했지만 꾹 참고 억지로 생글생글 웃어 보였다. 그러자 엄마까지 맞장구를 치시는 것이 아닌가!

"이 애도 이제 제법 컸지 뭐예요."

엄마는 내 우울한 마음을 잘 아시면서도 이마이다 씨 기분을 맞추려고 그런 시시한 얘기를 하며 하하 호호 웃었다. 엄마, 그렇게까지 이마이다 씨 같은 사람의 비위를 맞출 필요 없잖아요. 손님을 대할 때의 엄마는 어머니가 아닌 그저 연약한 여자일 뿐이었다. 아버지가 돌아가셨다고 해서 그렇게 비굴해질 필요는 없잖아요! 한심스런 생각에 아무 말도 할 수 없었다. 빨리 돌아가세요, 빨리 돌아가주세요. 우리 아버지는 자상하고 인격이 매우 훌륭한 분이셨어요. 아버지가 안 계시다고 우리를 그렇게 바보 취급할 거라면 지금 당장 돌아가시라고요. 정말이지 이마이다 씨에게 그렇게 말해주고 싶었건만 현실의 나는 역시 그다지 강하지 못해서 요시오에게 햄을 잘라주거나 이마이다 부인에게 장아찌를 집어주며 봉사하는 일밖에 할 수 없었다.

식사를 마치자마자 나는 곧바로 뒷정리를 하러 부엌으로 들어갔다. 빨리 혼자가 되고 싶었다. 고고한 척하는 데는 별로 소질도 없지만 저런 사람들과 그 이상 억지로 얘기를 나누며 웃을 필요가 없다는 생각이 들었다. 눈곱만큼도 저런 이들에게 예의, 아니 아첨할 이유가 없는 것이다. 싫다, 더 이상은 싫었다. 나는 할 만큼 했고, 엄마도 내가 꾹 참고 공손하게 구는 태도를 보며 기뻐하시지 않았는가.

그런데 과연 그게 잘한 일이었을까? 다른 사람과의 사교 활동은 어디까지나 사교 활동이고 나는 나라고 확실히 구별하여 상황에 따라 기분 좋게 대응하는 것이 좋은지, 아니면 다른 사람에게 욕을 먹는 한이 있더라도 자신을 잃지 않고 동요하는 일 없이 대처하는 것이 좋은지 알 수가 없다. 평생 자신과 비슷한 처지의 약하고 따뜻한 사람들 사이에서만 생활할 수 있는 신분의 사람들이 부러웠다. 고생 없이 평생 살 수 있다면 일부러 고생을 자처할 필요는 없다. 사서 고생할 이유가 없다.

자신의 기분을 억누르고 다른 이에게 봉사하는 것은 분명 훌륭한 일이지만 매일같이 이미이다 씨 부부 같은 사람들에게 억지로 웃어주거나 맞장구를 쳐주어야 한다면 나는 정신이 이상해져버릴지도 모른다. 나 같은 아이는 감옥에도 들어갈 수 없을 것 같다는 우스운 생각이 들었다. 감옥은커녕 누군가의 하녀도 될 수 없다. 부인도 될 수 없다.

아니 부인은 좀 다르다. 평생 한 남자를 섬기며 살아갈 각오만 되어 있다면 아무리 힘들어도 몸을 아끼지 않고 열심히 일하는 것이 삶의 보람이자 희망일 것이다. 나는 그런 일이라면 훌륭히 해낼 수 있을 것이다. 아침부터 밤까지 다람쥐 쳇바퀴 돌듯 끊임없이 봉사할 수 있다. 빨래도 마구마구 할 수 있다. 때가 많이 묻은 빨래만큼 불쾌한 것은 없다. 풀리지 않을 만큼 짜증과 히스테리가 밀려와 도무지 진정이 되지 않아 죽어도 못 죽을 것이다. 때 묻은 빨래를 남김없이 세탁해서 빨랫줄에 널고 나서야 언제 죽어도 여한이 없다고 한숨 돌릴 것이다.

이마이다 씨는 뭔가 볼일이 있다면서 엄마를 데리고 나갔다. 네네, 하면서 따라가는 엄마도 엄마지만 이번 한 번만이 아니라 매번 엄마를 이용하는 이마이다 씨 부부의 뻔뻔스러움이 참을 수 없이 밉살스러워 때려주고 싶다는 생각마저 들었다. 문 앞까지 손님들을 배웅하고 혼자서 우두커니 어두운 골목을 바라보고 있자니 눈물이 날 것만 같았다.

우체통에는 석간 신문과 우편물이 두 통 들어 있었다. 한 통은 마츠자카야〔일본의 백화점 중의 하나〕에서 엄마 앞으로 온 여름 세일 안내장이고 또 한 통은 사촌 준지가 나에게 보낸 것이었다. "이번에 마에바시의 부대로 옮기게 됐어. 고모에게도 안부 전해줘"라고 쓰여진 간단한 내용의 편지였다. 장교라고 해봤자 그다지 훌륭한 생활은 기대할 수 없겠지만 날마다 엄격하게 짜인 규칙적인 생활을 할 수 있다는 것이 부러웠다. 언제라도 몸이 해야 할 일이 정해져 있으니 마음은 편할 것이다. 나처럼 하고 싶지 않으면 아무것도 안 해도 되고, 아무리 나쁜 일이라도 저지를 수 있는 자유와 공부하고 싶으면 무한정 공부할 시간이 있는, 또 어떤 소원을 말해도 거의 이루어질 것 같은 생각을 하는 사람에게는 누군가가 여기서부터 저기까지라고 노력의 한계를 정해주는 것이 얼마나 큰 도움이 되는지 모른다. 강하게 속박해주는 것이 오히려 고맙게 느껴질 것이다.

전장에서 싸우는 병사들의 욕망은 오직 잠 한번 푹 자보는 것이란 얘기를 어느 책에서 읽은 적이 있다. 나는 그런 고통스러운 병사들이 불쌍하다고 생각되는 한편 몹시 부럽다는 생각도 든다. 뿌리도 잎도 없는 생각과 번뇌의 홍수에서 멀찍이 떨어져나와 그저 자고 싶다, 자고만 싶다고 갈망하는 것은 그야말로 순수하고 단순한 희망이 아닌가. 나는 그런 생각을 하는 것만으로도 상쾌함을 느꼈다. 나도 한 번쯤 군대 생활을 겪고 한껏 훈련을 받으면 조금은 예뻐

질지도 모른다. 하지만 군대를 갔다 오지 않고도 신(新)처럼 훌륭한 사람도 있는데 나는 정말이지 핑계만 좋은 어줍잖은 아이다. 신은 쥰지의 동생으로 나와는 동갑인데도 어쩌면 그렇게 어른스러운지 나는 친척 중에서, 아니 세상에서 신이 제일 좋다. 안타깝게도 그는 젊은 나이에 실명하여 앞을 보지 못한다. 이런 조용한 밤에 방에 혼자 있으면 어떤 기분이 들까? 나라면 외롭더라도 책을 읽거나 바깥 경치를 바라보며 기분을 달랠 수 있겠지만 신은 그럴 수가 없으니 그저 가만히 있을 뿐이다. 지금까지 남보다 배는 열심히 공부하고 테니스도 수영도 참 잘했는데 지금의 외로움과 괴로움은 과연 어떨까……. 어젯밤에도 신을 생각하며 마루에서 5분 간 눈을 감고 있어보았다. 겨우 5분 정도였는데 그 5분은 너무도 길고 가슴 답답한 시간이었다. 그런데 신에게는 아침에도, 낮에도, 밤에도, 며칠이나, 몇 개월이나, 아무것도 보이지 않는 것이다. 불평하거나 울화를 터뜨리고 응석이라도 부리면 좋으련만 신은 아무 말도 하지 않는다. 나는 신이 불평하거나 다른 사람을 험담하는 것을 들어본 적이 없다. 언제나 밝은 말투와 천진한 표정을 짓고 있는 것이 더욱 나의 마음을 아프게 한다.

    이런저런 생각을 하며 손님 방을 청소하고 목욕물을

데운다. 물이 데워지기를 기다리며 귤 상자에 걸터앉아 물을 데우고 있는 석탄 불빛에 의지해 학교 숙제를 전부 마쳤다. 그래도 아직 물이 데워지지 않아서『보쿠토키탄墨東綺譚』〔1937년에 발표된 일본 작가 나가이 카후(永井荷風)의 자전적 소설〕을 다시 읽었다. 내용은 결코 짜증나거나 지지분한 것이 아니지만 부분적으로 작가의 거들먹거림 같은 것이 눈에 띄어 왠지 낡고 얻을 것이 없어 보였다. 작가가 나이가 든 탓일까? 하지만 외국의 작가는 아무리 나이를 먹어도 대담하게 대상을 사랑하고, 작품에서 오히려 아니꼬운 느낌이 없어지던데. 그러나 이 작품은 일본에서 꽤나 잘 팔린 작품이 아닌가! 비교적 거짓이나 꾸밈이 없는 조용한 체념 같은 것이 작품에서 깊게 느껴져 기분이 좋아진다. 이 작가의 작품 중에 나는 이 소설이 가장 좋다. 작가는 무척이나 책임감이 강한 사람인 것 같다. 그의 작품을 보면 일본의 도덕에 굉장히 얽매여 있기에 오히려 그에 대한 반발 심리를 일으킴으로써 묘하게 강렬한 느낌을 주는 것이 많았던 것 같다. 애정이 넘치는 사람이 일부러 나쁜 사람인 척하는 경우처럼 일부러 나쁜 귀신의 탈을 쓰고 작품을 약하게 만들고 있는 것이다. 그래도『보쿠토키탄』에서 느껴지는, 쓸쓸함이 깔려 있지만 결코 꿈쩍도 하지 않는 강한 힘이 좋았다.

목욕물이 데워졌다. 욕실에 전등을 켜고 옷을 벗은 뒤 창문을 한껏 열어젖히고 조용히 탕에 들어갔다. 창문에 드리워진 산호초의 푸른 잎이 전등의 불빛을 받아 강렬하게 빛나고 있었다. 하늘에 빛나는 별들은 몇 번을 다시 보아도 여전히 반짝반짝 빛을 내고 있었다. 몸을 뒤로 젖히고 우두커니 있으니 보려 하지도 않았건만 뽀얀 내 살결이 시야에 들어왔다. 그대로 조용히 앉아 있으니 어릴 적에 하얗던 피부와는 뭔가 다른 것 같다는 느낌이 든다. 내 육체가 내 기분과는 상관없이 혼자서 성장해가는 게 참을 수 없이 곤혹스럽다. 부쩍 어른이 되어버린 나 자신을 컨트롤할 수 없는 것이 슬펐다. 시간에 몸을 맡긴 채 조용히 스스로 어른이 되어가는 것을 지켜보는 수밖에 없는 걸까? 난 언제까지나 인형 같은 몸으로 있고 싶다. 물을 첨벙첨벙 튀기면서 어린애처럼 장난을 쳐보지만 어쩐지 마음은 무겁다. 살아갈 이유가 없는 것 같은 기분이 들어 괴로워졌다. 그때 정원 너머에 있는 들판에서 "누나!" 하고 반가운 목소리를 내는 옆집 꼬마 목소리가 들려왔다. 가슴이 덜컹 했다. 나를 부르는 것은 아닐 테지만 방금 그 애가 울면서 외쳐대는 그 '누나'가 부러웠다. 나도 저렇게 나를 쫓아다니며 어리광을 피우는 남동생이 하나 있다면 이렇게 혼란스러운 하루하루를 살지는 않을 것이다. 삶에 의욕도 생기고 한평생 동생을 돌보며 살 각오도 되어 있다. 정말이지 어떤 어려운 일이 있어도 혼자 힘으로 모두 참아낼 것이다. 이런 생각을 하고 있으니 왠지 벗은 몸이 불쌍하게 느껴졌다.

오늘 밤은 유난히 별이 반짝인다. 목욕을 마치고 정원에 나와보았다. 별이 쏟아질 것 같은 게 아아, 여름이 다가오는구나. 여기저기서 개구리 우는 소리, 바람에 보리 흔들리는 소리가 들려온다. 몇 번을 다시 올려다보아도 여전히 수많은 별이 반짝이고 있다. 작년에, 아니 이제 작년이 아니라 재작년이구나. 내가 산책을 가자고 떼를 쓰며 조르자 아버지는 아픈 몸에도 아랑곳없이 같이 따라가주셨다. 언제나 젊었던 아버지는 〈너는 백까지 나는 ┼십┼까지〉라는 독일 노래를 가르쳐주시고 별자리 이야기나 지어낸 즉흥시를 들려주셨다. 또 지팡이를 짚고 멀리 침을 뱉기도 하고 눈을 깜박깜박거리며 같이 산책해주셨던 좋은 아버지. 가만히 별을 올려다보고 있으니 아버지 생각이 몹시도 간절해진다. 그로부터 한 해, 두 해 지나면서 나는 점점 나쁜 아이가 되어갔다. 혼자만의 비밀을 잔뜩 품은 아이가 되었다.

방으로 돌아와 책상 앞에 턱을 괴고 앉아 책상 위의 백합꽃을 바라보았다. 좋은 향기가 난다. 백합 향기를 맡고 있는 동안은 혼자 심심하게 있어도 잡다한 생각이 나지 않는다. 어제 저녁 역까지 산책 갔다가 오는 길에 꽃집에서 한 송이 사온 것인데 백합을 갖다 둔 뒤로 내 방은 완전히 다른 방처럼 신선해졌다. 방문을 열면 백합 향기가 풍겨 나와 얼마나 기분이 좋은지 모른다. 이렇게 가만히 백합을 바라보고 있으면 정말 솔로몬이 지녔던 부귀 영화 이상 되는 화려함을 온몸으로 느낄 수 있다.

문득 작년 여름의 야마가타가 생각이 난다. 야마가타의 산을 오르던 중 절벽 중턱에 핀 엄청나게 많은 백합을 보았다. 나는 백합이 흐드러지게 피어 있는 것을 넋을 놓고 바라보았다. 그러나 깎아지른 듯한 경사 때문에 도저히 절벽을 오를 수는 없었다. 아무리 매력적이라도 그저 바라보고 있을 수밖에. 그때 마침 근처에 있던 광부가 아무 말도 없이 절벽을 척척 기어올라가 눈 깜짝할 사이 양손 가득 넘치는 백합을 꺾어 내려오더니 무뚝뚝한 얼굴로 나에게 건넸다. 정말 양손 가득 넘치는 백합이었다. 어떤 화려한 무대나 결혼식에서도 그렇게 많은 꽃을 받은 사람은 없을 것이다. 꽃을 받고 현기증이 나는 그런 경험은 처음이었다. 그 엄청나게 커다란 꽃다발을 양팔 가득 안고 있으니 앞이 하나도 보이지 않았다. 친절한 사람이었다. 그 착하고 성실

한 젊은 광부는 지금쯤 어떻게 지내고 있을까? 그는 그저 위험한 곳에 올라 꽃을 꺾어준 것에 불과하겠지만 나는 백합을 볼 때마다 그 광부를 떠올린다.

책상 서랍을 열어 뒤적거리다가 작년 여름에 쓰던 부채를 발견했다. 하얀 종이에 버릇없이 주저앉아 있는 겐로쿠 시대〔에도 시대. 1688~1704년까지의 삼십 년 동안으로 산업 발전과 화폐 경제가 발달했던 기간〕의 여성과 그 옆쪽으로 꽈리 두 개가 함께 그려져 있었다. 이 부채에서 작년 여름의 일이 마치 연기처럼 되살아났다. 야마가타에서의 생활, 기차 안의 풍경, 유카타, 수박, 냇가, 매미, 방울 소리. 갑자기 이걸 가지고 기차를 타고 싶어졌다. 부채를 펼칠 때의 느낌은 참 기분 좋다. 부챗살이 하나하나 펼쳐지며 한순간에 가벼워진다. 부채를 갖고 놀고 있자니 엄마가 돌아오셨다. 엄마는 왠지 기분이 좋아 보이셨다.

"아! 피곤하다, 피곤해."

피곤하다고 말하면서도 그다지 불쾌한 얼굴은 아니었다. 다른 사람의 부탁을 들어주는 걸 좋아하니 어쩔 수 없는 일이라고 할 수밖에.

"대체 무슨 얘기가 그리 복잡한지 말이야."

엄마는 옷을 갈아입고 욕실로 들어가신다.

목욕을 마친 후 둘이서 차를 마시면서도 히죽히죽 웃고 있어서 대체 무슨 얘길 하려나 싶었는데 말을 건네신다.
 "너 요전번에 「맨발의 소녀」 보고 싶다고 노래를 불렀잖아? 그렇게 보고 싶으면 보러 가도 좋아. 대신 오늘 밤 엄마 어깨를 주물러야 한다. 일을 한 대가로 보러 가면 더 재미있겠지?"
 너무너무 기뻤다. 꼭 보고 싶은 영화였지만 요즘 들어 계속 놀기만 했기 때문에 꾹 참고 있었다. 그런데 엄마가 그걸 눈치 채고 내가 마음 편히 영화를 보러 갈 수 있도록 일부러 핑곗거리를 만들어주신 것이다. 정말 너무 기쁘고 엄마가 너무 좋아서 나도 모르게 웃음이 나왔다.
 엄마와 이렇게 밤에 둘이서 지내는 것도 참 오랜만인 것 같다. 엄마는 정말이지 사람들 만나느라 바빴으니까. 엄마는 나름대로 세상 사람들한테 바보 취급 당하지 않으려고 애쓰신다. 이렇게 어깨를 주무르고 있으니 엄마의 피로감이 나에게 전해질 정도로 여실히 느껴졌다. 엄마를 소중히 생각해야지 하는 마음이 들자 아까 이마이다 씨 때문에 엄마를 잠시 원망했던 것이 부끄러웠다. 죄송합니다. 소리 내지 않고 조용히 말해보았다. 나는 언제나 나 자신만 생각하고 엄마한테는 마음속으로 응석을 부리며 제멋대로 행동했다. 그럴 때 엄마는 얼마나 아프고 괴로울지 조금도 생각하지 못했다.

아버지가 돌아가신 뒤로 엄마는 무척 약해지셨다. 나 자신은 힘들다고 엄마에게 매달리면서 엄마가 잠시 내게 기대려고 하면 뭔가 못 볼 것이라도 본 것처럼 불쾌해했으니 나는 정말 어린애였다. 엄마도 나와 똑같이 연약한 여자인 것이다. 앞으로는 엄마와 둘만의 생활에 만족하면서 엄마의 기분을 살펴드려야지. 옛날 이야기나 아버지 이야기 등으로 단 하루라도 엄마를 위한 날을 만들어주어야지. 그리고 진한 보람을 느끼고 싶다. 마음속으로는 엄마를 걱정하는 착한 딸이 되겠다고 생각하면서도 밖으로 표출되는 나의 행동이나 말투는 투정 부리는 어린아이였다. 요즘의 내 모습은 어린아이다운 순수함마저도 잃고 지저분하고 부끄러운 것만 가득하다. 괴로워, 고민에 빠졌어, 외로워, 슬퍼, 그래서 대체 어쩌란 말인가! 분명히 말해서 그것은 죽음이다. 알고 있으면서도 그와 비슷한 명사나 형용사 한마디도 말할 수 없지 않은가. 그저 허둥대다가 결국엔 발끈 화를 내는 것이 마치 무엇과 닮았다.

사람들은 옛날 여자들을 일컬어 노예였다느니 스스로를 무시하는 벌레 인형이라느니 하며 깎아내리지만 그녀들은 지금의 나보다도 좋은 의미에서 여성스럽고 마음의 여유가 있었으며 똑 부러지게 인내와 복종을 가려낼 줄 아는 지혜를 지니고 있었다. 순수한 자기 희생의 아름다움도 알고 있었고 완전 무보수 봉사의 기쁨도 알고 있었던 것이다.

"음, 안마 실력이 뛰어난데. 천재적이야."

여느 때처럼 엄마가 나를 놀리며 말씀하셨다.

"그렇죠? 마음이 담겨 있으니까요. 하지만 제 특기는 안마만이 아닌데. 그것뿐이라면 섭하죠. 더 좋은 게 얼마나 많은데요."

생각대로 솔직히 말해버리자 내 귀에도 무척이나 상쾌하게 들렸다. 최근 이삼 년 동안 내가 이렇게 천진스럽게 말을 내뱉은 것은 이번이 처음이었다. 분수를 확실히 알고 안 될 것은 일찌감치 포기할 때 비로소 안정된 모습의 새로운 내가 처음으로 태어나는 것인지도 모른다고 기쁜 마음으로 생각했다.

오늘 밤에는 여러 가지로 고마운 마음에 안마를 마치고 보너스로 『사랑의 학교』를 읽어드렸다. 엄마는 내가 이런 책을 읽는다는 걸 알고 역시 안심한 듯한 얼굴을 하셨는데 얼마 전에는 내가 케셀의 『세브린느』〔프랑스 작가 조셉 케셀이 1929년 쓴 소설로 성적 욕망에 사로잡힌 여성, 세브린느의 생활을 그리고 있음. 1966년 카트린 느 드뇌브 주연의 영화로 제작되기도 함)를 읽고 있는 것을 보고 책을 빼앗아 슬쩍 표지를 보시더니 어두운 표정을 지으셨다. 그러곤 아무 말 없이 다시 책을 돌려주셨지만 왠지 더 읽고 싶은 마음이 사라져버렸다.『세브린느』를 읽은 적도 없을 텐데 여자의 직감으로 알아채신 것 같았다. 조용한 밤에 목소리를 높여 책을 읽고 있으니 내 목소리가 너무 크게 들려 책을 읽으면서 가끔씩 쑥스러워졌다. 주위가 너무 조용했기 때문에 더 바보같이 느껴졌다.『사랑의 학교』는 언제 읽어도 어릴 적에 받았던 그 감동이 조금도 변함없이 다시 살아나서 내 마음을 맑게 해주는 좋은 작품이라고 생각한다. 종종 소리 내어 읽는 것과 눈으로 읽는 느낌이 굉장히 달라서 깜짝 놀라 책을 읽던 입을 다무는 일도 있었다. 그러나 엄마는 주인공 엔리코와 가론 애기를 들으면서 고개를 숙이고 울고 계셨다. 우리 엄마도 엔리코 엄마처럼 훌륭하고 아름다운 분이다.

엄마는 어느새 잠이 드셨다. 아침 일찍부터 외출하느라 피곤하셨던 모양이다. 이불을 잘 덮어드린 다음 이불 위를 토닥토닥 두드려드렸다. 엄마는 마루에 있으면 금방 잠이 드신다.

나는 그때부터 욕실에 빨래를 하러 간다. 요즘에는 이

상한 습관이 들어 열두 시가 다 돼서야 빨래를 한다. 낮에 빨래를 하면 시간이 아깝다는 생각이 들어서인데 어쩌면 그 반대일지도 모른다. 창 너머로 달님이 보였다. 몸을 웅크리고 빨래를 하면서 달님에게 살짝 웃어 보였지만 달님은 모른 척하는 얼굴이었다.

문득 이 순간 어딘가에서 어느 가련하고 외로운 소녀가 나처럼 이렇게 빨래를 하면서 달님을 보며 웃고 있을지도 모른다는 생각이 들었다. 그녀는 깊은 밤 먼 시골 산골짜기에 있는 어느 집 뒷마당에서 빨래를 하고 있는 외로운 소녀일 것이다. 그리고 파리 뒷골목의 지저분한 아파트 복도에서 역시 내 또래의 여자아이가 혼자서 빨래를 하며 살짝 달님을 보고 웃고 있는 모습도 마치 망원경으로 들여다보는 것처럼 선명하게 머리에 떠오르는 것이었다. 아무도 우리들의 괴로움을 알아주지 않는다. 어른이 되면 이 괴로움과 외로움은 아름다운 추억쯤으로 남을지도 모르지만 그런 어른이 될 때까지 이 길고 긴 시간을 어떻게 지내야 할지는 아무도 가르쳐주지 않는다. 그냥 내버려둘 수밖에 없는 홍역 같은 것인가.

하지만 홍역으로 인해 죽거나 눈이 보이지 않게 되는 사람도 있는 법이다. 그냥 내버려둬서는 안 된다. 우리 중에는 매일 이렇게 가슴 답답해하고 화를 내다가 자기도 모르게 발을 헛디뎌 다리 밑으로 떨어지는 바람에 돌이킬 수 없는 몸으로 평생을 엉망진창으로 사는 사람도 있을 것이다. 아니면 마음을 굳게 먹고 자살해버리는 사람도 있다. 그러면 사람들은 이렇게 말하며 안타까워한다. 아아, 조금만 더 살아보면 알 수 있었을 것을, 조금만 더 어른이 되면 자연히 알게 될 텐데. 그러나 정작 당사자는 너무도 괴로운 상황을 겨우겨우 참아 넘기며 뭔가 세상의 목소리를 들으려고 열심히 귀를 기울였을 것이다. 세상은 그저 아무 영양가도 없는 교훈만 들려주며 위로할 뿐이다. 또한 우리는 언제까지나 그 기대에 배신당하고 있을 뿐이다. 우리는 결코 쾌락주의자는 아니다. 하지만 누군가가 너무나도 먼 산을 가리키며 저기에 올라가면 경치가 좋다고 말하면 그것이 거짓이 아니란 걸 알면서도 지금 이 순간 밀려오는 맹렬한 복통 때문에 그곳까지 갈 수가 없는 것이다. 사람들은 이 복통을 보고도 못 본 척 "자 조금만 참으면 돼, 저 산 정상까지만 가면 다 해결돼" 하고 같은 말만 반복할 뿐이다. 분명 누군가가 틀렸다. 나쁜 것은 바로 당신이다!

    세탁을 마치고 욕실 청소를 한 다음 살며시 방 문을 열자 은은하게 풍겨오는 백합 향기에 기분이 상쾌해졌다. 마음 깊숙한 곳까지 투명해져 '숭고한 허무'라 부르고 싶은 상태가 되었다. 조용히 잠옷으로 갈아입다가 지금까지 주무시는 줄만 알았던 엄마가 갑자기 말을 걸어서 깜짝 놀랐다. 엄마는 가끔씩 이렇게 나를 놀라게 하시곤 한다.

"네가 여름 구두가 필요하다고 해서 오늘 시부야에 들른 김에 보고 왔다. 구두도 꽤 비싸졌더구나."

"괜찮아요, 그렇게까지 필요하지는 않아."

"하지만 없으면 곤란하잖아?"

"응."

오늘과 같은 내일이 찾아오고, 행복은 평생 찾아오지 않을 것이다. 그건 알지만 분명 올 거야, 내일이면 찾아올 거야 하고 믿으며 잠자리에 드는 것이 좋겠지? 털썩 커다란 소리를 내며 이불 위로 쓰러졌다. 아아, 기분 좋다. 차가운 이불 위에 드러눕는다. 등이 시원해져서 무작정 기분이 좋았다.

'행복은 하룻밤 늦게 찾아온다'는 말이 얼핏 생각난다. 행복을 기다리다 기다리다 지친 이가 더는 참지 못하고 집을 뛰쳐나가버렸다. 바로 다음날 멋진 행복의 소식이 빈집을 찾아왔으나 때는 이미 늦었다는 이야기다. 행복은 하룻밤 늦게 찾아온다. 행복은.

가아가 정원을 걸어오는 소리가 들린다. 터벅터벅, 터벅터벅. 가아의 발소리에는 특징이 있다. 오른쪽 앞발이 조금 짧은데다 앞다리가 O자로 휘어져 발걸음에도 어딘가 외로운 버릇이 깃들어 있다. 이런 한밤중에 정원을 돌아다니며 대체 뭘 하는 걸까? 가아는 불쌍한 개다. 오늘 아침에는 가아를 놀려주었지만 내일은 꼭 귀여워해줄 거예요.

나에게는 얼굴을 양손으로 감싸지 않으면 잠이 오지 않는 슬픈 습관이 있다. 가만히 얼굴을 감쌌다.

잠에 빠져들 때의 기분은 참 묘하다. 붕어나 뱀장어가 낚싯줄을 물듯 뭔지 모를 무거운 납덩이가 실로 내 머리를 힘껏 잡아당기다가 잠이 들 만하면 다시 실을 느슨하게 푼다. 그러면 잠이 들려다 깜빡 하고 정신이 든다. 그리고 납덩이가 다시 실을 잡아당기면 잠이 들었다 느슨해지면 정신이 드는 과정을 서너 번 반복한다. 그러다가 마지막으로 힘차게 잡아당기면 그대로 아침까지 잠에 빠지는 것이다.

안녕히 주무세요. 나는 왕자님이 없는 신데렐라. 제가 동경의 어디에 사는지 아시나요? 이제 두 번 다시는 못 만날 거예요.

走れメロス | 달려라 메로스

메로스는 몹시 화가 났다. 잔인하고 사악한 왕을 반드시 죽이기로 마음먹었다. 메로스는 정치라고는 모르는 한적한 마을의 목동으로 피리를 불면서 양과 더불어 살아왔다. 그렇지만 사악함에 대해서라면 다른 사람의 배 이상으로 민감했다.

메로스는 먼동이 트기 전에 마을을 떠나 산을 넘고 들판을 가로질러 이곳 시라크스 시에 도착했다. 메로스에게는 아버지도 어머니도 아내도 없다. 열여섯 살 된 수줍음 잘 타는 여동생과 단둘이 살고 있다. 이 여동생은 가까운 시일 안에 마을의 건장한 목동과 결혼을 하기로 되어 있었다. 그래서 메로스는 신부의 결혼식 예복과 잔치상에 올릴 음식의 재료 등을 사기 위해 이곳까지 먼 길을 달려온 것이다. 먼저 물건들을 사 모은 다음 도시의 큰길을 어슬렁어슬렁 걷기 시작했다. 메로스에게는 세리눈티우스라는 죽마고우가 있는데 지금은 이곳 시라크스 시에서 석공 일을 하고 있다. 지금부터 그 친구가 있는 곳을 찾아가기로 마음먹었다. 오랜만에 만나는 터라 벌써부터 마음이 설레기 시작했다. 길을 걷고 있던 메로스에게 쥐 죽은 듯이 고요한 거리가 왠지 이상스럽게 느껴졌다. 이미 해가 졌기 때문에 거리가 어두운 것은 당연하지만 어두움 때문이 아니라 시 전체가 몹시 고요했다. 만사가 태평스러운 메로스도 점점 불안해지기 시작했다.

길거리에서 만난 젊은이를 붙잡고 무슨 일이 있는 거냐고, 이 년 전에 이곳에 왔을 때는 밤에도 모두들 노래를 부르고 시끌벅적하지 않았느냐고 물었다. 젊은이는 고개를 저을 뿐 아무런 대답도 하지 않았다. 한참 동안 길을 걷다가 이번에는 한 노인을 만났다. 아까보다 심각한 말투로 이유를 물었지만 노인 역시 아무런 대답도 하지 않았다. 메로스는 양손으로 노인의 어깨를 붙잡고 흔들면서 계속 물었다. 노인은 주위를 살피면서 아주 낮은 목소리로 대답했다.

"왕이 사람을 죽이고 있어."

"왜 사람을 죽이는 거죠?"

"사람들이 악심을 품고 있다는데 사실 그 누구도 악심을 품고 있지 않아."

"많은 사람을 죽였나요?"

"그래, 처음에는 자기 여동생 남편을 죽이더니 그 다음에는 세자를 그리고 여동생과 그 여동생의 자식들을 죽였지. 그리고 황후도 죽였어. 그러고 나서 그 어질고 충성스러운 알렉스 님까지 말이야."

"정말입니까, 왕이 미친 건 아닐까요?"

"아니, 미친 건 아니고 사람을 믿지 못하는 거라. 요즘에는 신하들을 의심해서 요만큼이라도 사치스런 생활을 하는 자는 한 사람씩 인질로 잡아가고 있지. 명령을 어기면 십자가에 매달아버려. 오늘도 여섯 명이나 죽였다우."

그 말을 들은 메로스는 몹시 화가 났다.

"정말 어처구니없구다. 이대로 살려둘 수는 없어."

메로스는 단순한 남자였다. 산 물건들을 등에 멘 채로 천천히 성 안으로 들어갔다. 그러나 그는 곧 순찰을 도는 병사에게 포박을 당하고 말았다. 몸 수색을 당한 메로스의 품안에서 단검이 발견되어 문제가 커지고 말았다. 메로스는 왕 앞에 끌려갔다.

"단검으로 무슨 짓을 할 생각이었는지 당장 말하라."

폭군 디오니스는 조용하면서도 위엄 있게 물었다. 왕의 얼굴은 창백했고 미간의 주름에는 골이 깊게 파여 있었다.

"이 시를 폭군에게서 구하려 했습니다."

메로스는 당당하게 대답했다.

"네놈이 말이냐?"

왕은 가소롭다는 듯이 웃었다.

"가소로운 놈이로다. 네놈이 나의 고독을 알 리가 있겠느냐."

"그런 쓸데없는 말씀은 하지 마십시오."

메로스는 벌떡 일어났다.

"사람을 의심하는 것은 가장 부끄럽고 나쁜 짓입니다. 왕으로서 백성의 충성심까지 의심해도 되는 겁니까."

"의심하는 것이 정당한 마음가짐이라고 나에게 가르쳐 준 것은 바로 너희다. 사람의 마음은 믿을 수가 없어. 인간은 본래부터 사리 사욕으로 가득 찬 존재다. 그런 인간을 어떻게 믿으란 말이냐."

폭군은 침착한 어조로 말하고 한숨을 내쉬었다.

"나 역시 평화를 바라고 있다."

"그게 무슨 말입니까, 무엇을 위한 평화란 말입니까, 자신의 지위를 지키기 위함이란 말입니까."

이번에는 메로스가 비웃었다.

"죄 없는 사람을 죽이는 것이 무슨 평화란 말입니까."

"닥쳐라, 이런 빌어먹을 놈."

왕은 고개를 들어 올리면서 외쳤다.

"입으로는 무슨 말인들 못 할까. 내겐 사람들의 속마음이 훤히 들여다보이느니라. 잘 듣거라. 지금부터 널 처형할 것이다. 아무리 울고 용서를 빌어도 소용없다."

"참으로 대단한 왕이십니다. 마음껏 잘난 체하십시오. 저는 이미 죽을 각오가 되어 있는 몸이니 이 한목숨을 구걸하는 일은 결코 없을 것입니다. 다만……."

메로스는 말끝을 흐리고 고개를 떨구면서 잠시 주저하더니 다시 말했다.

"다만 제게 은혜를 베풀 생각이 있다면 사흘만 말미를 주십시오. 단 하나밖에 없는 혈육인 여동생을 시집 보내고 싶습니다. 사흘만 시간을 주시면 여동생의 결혼식을 올려주고 반드시 이곳으로 다시 돌아오겠습니다."

"참으로 어이가 없도다."

폭군은 쉰 목소리로 소리 죽여 웃었다.

"네 이놈, 어찌 그런 터무니없는 거짓말을 하느냐. 풀어준 새가 다시 새장으로 돌아올 것 같으냐?"

"아뇨. 전 반드시 돌아옵니다."

메로스는 필사적으로 말했다.

"저는 약속은 꼭 지킵니다. 저를 사흘 간만 풀어주십시오. 여동생이 저를 기다리고 있습니다. 정녕 저를 믿지 못하시겠다면, 좋습니다. 이곳에 세리눈티우스라는 석공이 있는데 나와는 둘도 없는 친구입니다. 그 친구를 인질로 잡아두십시오. 만약 제가 사흘째 되는 날, 날이 저물기 전까지 돌아오지 않으면 그 친구를 죽이십시오. 이렇게 간절히 부탁합니다."

그 말을 들은 왕은 잔인한 웃음을 흘렸다. 녀석은 분명 돌아오지 않을 것이다. 좋아, 그렇다면 이 거짓말쟁이에게 속는 척하면서 풀어주자. 그러고 나서 사흘째 되는 날 이 녀석 대신 인질을 죽이는 것도 나쁘지 않다. 이래서 사람은 믿을 수 없다는 듯이 슬픈 얼굴을 하면서 처형을 하면 된다. 그리고 세상에 정직한 자라고 하는 모든 녀석들에게 보여주자.

"좋다, 그럼 네 녀석이 원하는 대로 해주겠다. 당장 인질로 삼을 네놈의 친구를 불러라. 사흘째 되는 날 해가 떨어지기 전에 돌아오도록 하라. 만약 늦게 오는 날에는 네 친구 놈의 목을 베겠다. 아니 아니, 조금 늦게 와도 좋다. 그렇다면 네 놈의 죄는 영원히 용서해주겠다."

"뭐라고요? 무슨 말씀을 하시는 겁니까? 전 꼭 돌아오옵니다."

"하하하. 목숨이 아깝거든 천천히 오도록 하라. 네놈의 속셈은 이미 알고 있다."

메로스는 괘씸하고 분해서 발을 동동 굴렀다. 왕과는 아무런 말도 하고 싶지 않았다.

죽마고우 세리눈티우스는 한밤중에 왕이 있는 성으로 끌려왔다. 사이 좋은 두 친구는 이 년 만에 폭군 디오니스 앞에서 만나게 되었다. 메로스는 친구에게 자초지종을 설명했다. 세리눈티우스는 아무 말도 하지 않고 고개만 끄덕이더니 메로스를 힘껏 끌어안았다. 우정 깊은 두 사람으로서는 그것만으로 충분했다. 세리눈티우스는 포박을 당하고 메로스는 성을 떠났다. 초여름의 밤하늘에는 수많은 별들이 가득했다.

그날 밤 메로스는 한숨도 쉬지 않고 발걸음을 재촉했지만 십 리나 떨어진 마을에 도착한 것은 다음날 오전으로, 태양은 이미 중천에 떠 있었고 마을 사람들은 들판에 나가 일을 하고 있었다. 오늘은 열여섯 살 된 메로스의 여동생이 오빠를 대신해서 양 떼들을 지키고 있었다. 여동생은 피로에 지쳐 비틀거리며 걸어오는 오빠의 모습을 발견하고 깜짝 놀랐다. 그리고 오빠에게 귀찮은 질문 공세를 시작했다.

"아무 일도 아니야."

메로스는 억지로 웃으려고 안간힘을 썼다.

"아직 시라크스 시에 할 일이 남아 있어. 곧바로 돌아가야 해. 내일 결혼식을 올리자. 빠른 편이 좋겠지?"

여동생은 얼굴을 붉혔다.

"기쁘지? 예쁜 옷도 사왔다. 그럼 지금부터 마을 사람들에게 내일 결혼식을 올린다고 알리고 와."

메로스는 비틀거리며 집으로 들어가서 신전을 꾸미고 결혼식장을 준비한 다음 마루에 엎드린 채로 숨도 쉬지 않을 만큼 깊은 잠에 빠지고 말았다.

눈을 뜨자 밤이었다. 메로스는 일어나자마자 신랑 집으로 찾아갔다. 그리고 사정이 생겼으니 내일 결혼식을 올리자고 부탁했다. 신랑인 목동은 깜짝 놀라 그건 안 됩니다, 저는 아직 아무것도 준비하지 못했습니다. 포도 수확기까지 기다려주십시오 하고 대답했다. 메로스는 기다릴 형편이 못 되니 내일 꼭 결혼식을 올리지 않으면 안 된다고 더욱 다급한 말투로 부탁했다. 신랑인 목동도 매우 고집이 세서 좀처럼 자신의 의견을 굽히지 않았다. 메로스는 날이 밝아올 때까지 설득에 설득을 거듭해서 간신히 신랑의 허락을 얻어냈다.

결혼식은 낮에 거행되었다. 신랑 신부의 혼인 서약이 끝날 무렵 먹구름이 하늘을 뒤덮더니 한 방울 두 방울씩 비가 내리기 시작했고 이윽고 장대비가 쏟아졌다. 결혼식에 참석한 마을 사람들은 불길한 징조를 느꼈지만 그래도 저마다 마음을 굳게 먹고 좁은 집 안에서 후텁지근한 더위를 견디며 밝은 모습으로 노래를 부르고 박수를 쳤다. 메로스도 얼굴에 웃음을 감추지 못했으며 이 순간만은 왕과의 약속조차 잊고 있었다.

이윽고 밤이 되자 축복 속에 진행되던 피로연은 더욱 무르익었고 사람들은 세차게 뿌리고 있는 비에 아랑곳하지 않고 잔치를 즐겼다. 메로스는 지금 이 순간이 영원히 지속되었으면 좋겠다고 생각했다. 이렇게 좋은 사람들과 평생토록 같이 살고 싶었다. 그러나 지금 자신의 몸은 자신의 것이 아니었다. 메로스는 자신에게 채찍질을 가해 드디어 떠날 것을 결심했다. 내일 해가 지기 전까지니까 아직 시간은 충분했다. 잠시 눈을 붙이고 나서 출발하자고 생각했다. 그때쯤이면 세차게 내리는 비도 잠잠해질 것이다. 조금이라도 더 이 집에 머물고 싶었다. 메로스에게도 미련이라는 것은 있었다. 오늘 밤 즐거움과 기쁨으로 취해 있는 신부에게 다가가서 말했다.

"결혼 축하한다. 난 좀 피곤해서 한숨 자야겠다. 매우 중대한 일이 있어서 눈을 뜨는 대로 곧 시라크스 시에 가야 해. 내가 없더라도 네겐 다정한 남편이 있으니 결코 외로운 일은 없을 것이다. 오빠가 가장 싫어하는 건 사람을 의심하는 것과 거짓말을 하는 것이다. 너도 그건 잘 알고 있겠지. 남편에겐 어떤 비밀도 있어선 안 돼. 네게 하고 싶은 말은 그것뿐이다. 이 오빠는 훌륭한 사람이니까 너도 긍지를 갖고 살아가길 바란다."

신부는 마치 꿈이라도 꾸고 있는 것처럼 연신 고개를 끄덕였다. 메로스는 신랑의 어깨를 토닥이며 당부했다.

"준비 없이 결혼한 건 서로가 마찬가지라네. 우리 집 보물은 여동생과 양뿐이야. 다른 건 아무것도 없어. 자네에게 우리 집 보물 전부를 주겠네. 마지막으로 내 동생이 됐다는 것을 자랑스럽게 생각하기 바라네."

신랑은 손을 비비며 부끄러워 어쩔 줄 몰랐다. 메로스는 웃는 얼굴로 마을 사람들에게도 가볍게 목례를 하고 피로연을 뒤로한 채 양들이 자고 있는 곳으로 들어가 마치 죽은 사람처럼 깊은 잠에 빠졌다.

눈을 뜨니 다음날 먼동이 틀 무렵이었다. 메로스는 자리를 박차고 일어나 혹시 늦잠이라도 잔 것은 아닐까 생각했다. 아니 아직 괜찮아, 지금 당장 출발하면 약속한 시간까지는 충분할 것이다. 왕에게 믿음이 어떤 것이란 걸 꼭 보여주고 말 테다. 그리고 웃으면서 내 발로 처형대에 올라갈 것이다. 메로스는 떠날 채비를 서둘렀다. 세차게 내리던 빗줄기도 어느덧 그 기세가 많이 약해져 있었다. 떠날 채비를 끝낸 메로스는 양팔을 크게 저으며 쏜살같이 빗속을 달리기 시작했다.

나는 오늘 밤 처형을 당한다. 처형을 당하기 위해 달리는 것이다. 나 대신 인질로 잡혀 있는 친구를 구하기 위해 달리는 것이다. 왕의 간사하고 사악한 마음이 잘못됐다는 걸 깨우쳐주도록 하자. 그러기 위해서는 달리지 않으면 안 된다. 그러고 나면 나는 처형 당해도 상관없다. 지금까지 간직해온 명예를 지켜라. 안녕! 내 고향이여.

젊은 메로스는 괴로웠다. 몇 번이고 멈출 뻔했다. 영차 영차 큰 소리를 내어 스스로를 질책하면서 달렸다. 마을을 빠져나와 들판을 가로지르고 산을 넘어 옆 마을에 도착할 무렵에는 비가 그치고 하늘 높이 태양이 떠올라 점점 더워지기 시작했다. 메로스는 이마에 흐르는 땀을 주먹으로 훔치면서 여기까지 오면 이젠 안심이다, 고향에 대한 미련 따위는 없다. 여동생 부부는 아마 좋은 부부가 될 것이다, 내겐 아무런 걸림돌도 없다. 이대로 내달려 왕이 사는 성에 도착하면 된다. 그렇게 서두를 필요도 없다. 천천히 걸어가자 하고 특유의 여유로움까지 되찾고는 좋아하는 노래를 부르며 걷기 시작했다. 그렇게 노래를 부르면서 걸음이 2리를 걷고 3리를 걸어 어느새 절반 정도 왔을 때 갑작스런 재난이 닥쳤다. 메로스는 깜짝 놀라 걸음을 멈추었다.

보라, 눈앞의 강을. 어제 내린 강우로 산의 수원지가 범람하는 바람에 도도히 하류에서 모인 탁류가 거센 물살을 일으켜 단숨에 다리를 파괴했고 급물살이 어마어마한 소리를 내며 마침내 다리 기둥까지 날려버리고 말았던 것이다. 그는 아연실색하여 그 자리에서 주저앉고 말았다. 여기저기를 살펴보고 있는 힘을 다해 소리쳐보았지만 뱃사공도 보이지 않고 나룻배 또한 급류에 휩쓸려 형태도 보이지 않았다. 물은 점점 부풀어올라 마치 바다처럼 되고 말았다. 메로스는 강 언덕에 엎드려 흐느껴 울면서 제우스에게 손을 모아 애원했다.

"오! 신이시여, 제발 이 거친 물살을 멈추게 하소서. 저에게는 시간이 없습니다. 저 태양이 기울기 전에 왕이 사는 성에 도착하지 않으면 저의 소중한 친구가 저 때문에 형장의 이슬로 사라지고 맙니다."

탁류는 메로스의 간절한 외침을 비웃듯이 더욱더 거세어졌다. 급류는 급류를 삼키며 소용돌이를 일으키고 있었고 시간은 점점 흘러만 갔다. 메로스는 하는 수 없이 헤엄쳐서 강을 건너기로 작정했다. 오! 신이시여, 저를 보살펴 주십시오. 거친 물살에도 굴하지 않는 사랑과 진실의 위대한 힘을 발휘해서 보여드리겠습니다. 메로스는 첨벙 물에 뛰어들어 백 마리 커다란 뱀과도 같은 거친 물살을 헤치며 필사의 투쟁을 시작했다. 온 힘을 팔에 모으고, 거칠게 달려드는 물살에도 전혀 주저하지 않고 먹이를 향해 거침없이 달려드는 사자 같은 메로스의 모습이 가련했는지 신도 결국에는 연민의 정을 느끼고 말았나 보다. 메로스는 거센 물살에 휩쓸리면서도 드디어 강을 건널 수가 있었다. 메로스는 강을 무사히 건넜다는 사실이 너무 기뻐 신에게 고마움을 느껴졌다. 온몸에 힘을 주어 크게 소리를 지른 다음 길을 재촉했다. 한시라도 주저할 수 없었다. 해는 이미 서서히 지고 있었다. 헉헉 거친 숨을 내쉬면서 언덕에 올라 안도의 숨을 쉬고 있을 때 갑자기 산적들이 나타났다.

"어이, 어딜 그렇게 가는 거냐?"

"무슨 짓을 하는 거야. 나는 해가 지기 전에 왕이 사는 성까지 도착하지 않으면 안 된다. 이거 놔라."

"그렇다면 가지고 있는 것을 모두 내놓아라."

"나는 목숨말고는 아무것도 가진 게 없다. 하나밖에 남아 있지 않은 이 목숨도 지금 왕에게 바치러 가는 길이다."

"그래? 우리에게는 바로 그 목숨이 필요하다."

"뭐라고? 그렇다면 너희는 왕의 명령으로 이곳에서 나를 기다리고 있었다는 말이구나."

산적들은 아무런 대답도 없이 곤봉을 높이 쳐들면서 공격해왔다. 메로스는 몸을 굽혀 살짝 피한 후 사나운 독수리처럼 자신과 가까이 있는 산적을 덮쳐 곤봉을 가로챘다.

"미안하지만 정의를 위해서는 어쩔 수 없다."

메로스는 순식간에 세 명을 때려눕히고 남은 한 명이 움찔하는 사이에 재빨리 도망갔다. 단숨에 언덕을 내려왔지만 쌓인 피로와 오후의 뜨거운 태양 때문에 메로스는 몇 번이고 현기증을 느꼈다. 메로스는 정신을 차리려고 안간힘을 썼지만 결국 몇 걸음 못 가서 풀썩 주저앉고 말았다. 일어나고 싶어도 일어날 수가 없었다. 분한 마음에 눈물이 뚝뚝 떨어졌다.

아아! 거센 탁류를 헤엄쳐 건너고 산적을 세 명이나 때려눕히고 여기까지 온 용감한 메로스여. 진정으로 용감한 메로스여. 이곳에서 쓰러지다니 정말 한심하기 짝이 없구

나. 사랑하는 친구는 너를 믿고 인질로 잡혀 이젠 죽음만을 기다리고 있다. 이제 사람을 믿지 못하는 못된 왕의 의도대로 되는 것이다 하고 자신을 꾸짖었지만 축 늘어진 몸은 꼼짝할 수 없었다. 결국에는 길가의 풀밭에 드러눕고 말았다. 몸이 피곤하면 정신도 허약해지고 만다. 용감한 메로스에게는 어울리지 않는, 이젠 될 대로 되라는 식의 약한 마음이 마음속 깊은 곳에 자리잡기 시작했다.

　나는 최선을 다했다. 약속을 어길 생각은 추호도 없었다. 신이시여, 굽어살피옵소서. 나는 최선을 다했습니다. 움직일 수 없을 때까지 달렸습니다. 나는 불신의 종이 아닙니다. 아아, 할 수만 있다면 나의 가슴을 열어 붉은 심장을 보여드리고 싶습니다. 사랑과 믿음으로 가득한 나의 심장을 보여드리고 싶습니다. 그렇지만 나는 이런 중요한 때에 정신도 끈기도 다하고 말았습니다. 나는 정말로 불행한 남자입니다. 나는 분명히 웃음거리가 되고 말 겁니다. 나의 가족 또한 웃음거리가 되겠지요. 나는 친구를 팔았어요. 도중에서 쓰러지는 것은 처음부터 아무것도 하지 않는 거나 마찬가지입니다. 아아! 이젠 어떻게 되어도 좋습니다. 이것이 나의 운명인지도 모르죠. 세리눈티우스여, 나를 용서해라. 너는 항상 나를 믿어주었다. 나도 너를 속인 적이 없었다. 우리는 정말로 좋은 친구였다. 단 한 번도 서로를 의심한 적이 없었다. 지금도 너는 무작정 나를 기다리고 있겠지. 고맙다, 세리눈티우스! 나를 믿어줘서 정말 고맙다. 너의 그 마음을 생각하면 정말 견딜 수가 없다. 친구 사이의 믿음은 이 세상에서 가장 큰 보배이니까. 세리눈티우스, 나는 최선을 다했다. 너를 속일 생각은 추호도 없었어. 믿어줘! 나는 서두르고 서둘러서 이곳까지 왔다. 거센 탁류를 돌파하고 산적을 물리치고 단숨에 언덕을 내려왔다. 나였기 때문에 그렇게 할 수 있었지. 더는 나에게 기대하지 마라. 그냥 내버려둬. 아무래도 좋아. 내가 졌다. 내가 왜 이렇게 됐는지 그냥 웃어라. 왕은 귓속말로 나에게 늦게 오라고 했다. 만약 늦게 오면 너를 죽이고 나를 살려준다고 약속했지. 나는 왕의 그런 비겁함이 미웠다. 하지만 지금 생각하면 나는 왕의 뜻대로 하고 있어. 나는 약속한 시간보다 늦어질 것이다. 왕은 나를 비웃고는 아무 일 없었다는 듯이 나를 풀어줄 것이다. 만약 그런 일이 생기면 나는 죽는 것보다 괴롭겠지. 나는 영원한 배신자다. 이 세상에서 가장 불명예스러운 인간이 되고 만다. 세리눈티우스여! 나도 죽을 것이다. 너와 함께 반드시 죽을 것이다. 너만은 나를 믿어줄 것임에 틀림없다. 아냐, 그것도 나 혼자만의 생각일까? 이렇게 된 이상 친구를 배신한 나쁜 놈으로 평생 살아 버릴까? 시골에는 나의 집이 있고 양도 있다. 설마 여동생 부부가 나를 내쫓지는 않겠지. 정의, 믿음, 사랑. 생각해보면 쓸데없는 것들이다. 타인을 죽이고 자신은 산다. 그것이 인간이 살아가는 이 세상의 법칙이 아니던가? 아, 모든 것이 정말 어리석게 느껴진다. 나는 몹시 추한 배신자다. 어떻게 말해도 좋아, 마음대로 해라. 이제는 어쩔 수 없다. 메로스는 마침내 풀밭에 드러누워 꾸벅꾸벅 졸기 시작했다.

문득 귓가에 졸졸 시냇물 흐르는 소리가 들려왔다. 살며시 고개를 들어 숨을 죽이고 귀를 기울였다. 바로 발밑에서 시냇물이 흐르고 있는 것 같았다. 비틀비틀 일어나서 무언가 하고 유심히 보니 바위 틈새에서 맑은 물이 낮은 소리로 속삭이면서 졸졸 흐르고 있었다. 메로스는 그 샘물에 빨려 들어갈 듯이 몸을 구부렸다. 양손에 물을 담아 한 모금 마셨다. 그러자 길게 숨을 내쉴 수 있었고 꿈에서 깨어난 듯한 느낌이 들었다. 걸을 수 있다. 걷자. 쌓인 피로가 회복되면서 조금씩 희망이 생기기 시작했다. 자신의 의무를 다할 수 있다는 희망이었다. 자신의 목숨을 버리고 명예를 지키겠다는 희망이었다. 어느덧 해는 뉘엿뉘엿 서쪽으로 기울었고 붉은빛은 나무의 잎을 물들여 잎도 가지도 타는 듯이 빛이 났다. 해가 지기까지는 아직 시간이 있다. 나를 기다리고 있는 사람이 있다. 조금도 날 의심하지 않고 조용히 기다리는 사람이 있는 것이다. 나를 믿고 있다. 내 목숨 따위는 중요하지 않다. 죽음으로 사죄한다는 따위의 말을 하고 있을 때가 아니다. 나는 믿음에 보답해야 한다. 지금 나에게는 오로지 그 일뿐이다. 달려라! 메로스.

나를 믿고 있다. 나를 믿고 있다. 조금 전 악마의 속삭임은 꿈이었다. 아주 나쁜 꿈이었다. 잊어버려. 온몸이 피곤할 때는 문득문득 그런 나쁜 꿈을 꾸는 거다. 메로스, 네가 부끄러워할 일이 아니다. 역시 넌 진정으로 용감한 자다. 다시 일어서서 달릴 수 있게 되지 않았는가. 고맙다. 나는 정의로운 자로서 죽을 수 있게 되었다. 아아! 해가 저물고 있다. 점점 해가 저물고 있다. 제우스 신이시여, 조금만 기다려주소서. 나는 태어날 때부터 정직한 사람이었습니다. 정직한 사람으로 죽게 하소서.

길 가는 사람을 밀어제치고 메로스는 돌풍처럼 달렸다. 축제가 한창인 들판 한복판을 가로질러 많은 사람들을 놀라게 하고 길가에서 뛰놀던 개를 발로 걷어차고 작은 개울을 뛰어 넘으며 점점 기울어가는 태양보다 열 배나 더 빨리 달렸다. 한 무리의 여행자들을 스쳐 지나가는 순간 불길한 말이 귀에 들려왔다.

"지금쯤이면 그 남자도 교수대에 올라가 있을 거야."

그렇다. 그 남자, 바로 그 남자를 위해 나는 이렇게 달리고 있다. 그 남자가 죽게 해서는 안 된다. 서둘러라, 메로스. 늦으면 절대 안 된다. 지금이야말로 사랑과 믿음의 힘을 알려야 할 때다. 내 꼴은 아무래도 상관없다. 메로스의 지금 모습은 거의 벌거숭이와 다름없었다. 숨도 제대로 쉴 수 없어서 두 번, 세 번 입에서 붉은 피를 토했다. 보였다, 멀리 아득하게 조그마한 시라크스 시의 탑이 보였다. 탑은 석양을 받아 반짝반짝 빛나고 있었다.

"메로스 님, 메로스 님."

다급하게 부르는 목소리가 바람과 함께 들려왔다.

"누구냐?"

메로스는 달리면서 물었다.

"피로스트라토스입니다. 당신의 친구 세리눈티우스 님의 제자입니다."

젊은 석공 피로스트라토스도 달리면서 외쳤다.

"이미 늦었습니다. 소용없습니다. 이제 그만 달리십시오. 이제 스승님을 구할 수는 없습니다."

"아니다, 아직 해는 지지 않았다."

"이제 곧 스승님은 사형에 처해집니다. 당신은 너무 늦게 왔어요. 원망스럽습니다. 조금만, 조금만 더 빨리 왔더라면……."

"아니다, 아직 시간은 있다."

메로스는 가슴이 찢어질 것 같은 마음으로 붉고 커다란 태양을 바라보았다. 지금은 달리는 방법밖에 없다.

"그만 달리세요. 그만 멈추시라니까요. 지금은 당신의 생명이 소중합니다. 스승님은 당신을 믿고 있었습니다. 형장으로 끌려가면서도 태연했습니다. 왕이 스승님을 그렇게 놀려도 메로스는 반드시 온다고만 대답하고 굳은 신념으로 일관했습니다."

"그러니까 달리는 것이다. 믿고 있으니까 달리는 거라고. 아직 늦지 않았다. 늦은 것이 문제가 아니다. 사람의 목숨도 문제가 아니다. 나는 엄청나게 큰 무언가를 위해 달리고 있는 것이다. 나를 따라와라! 피로스트라토스."

"당신, 미친 것이 아닌가요? 그렇다면 달리세요. 더 빨리 달리세요. 어쩌면 제시간에 도착할지도 모르니까요."

그렇다. 아직 해는 떨어지지 않았다. 메로스는 사력을 다해 달렸다. 메로스는 아무것도 생각하지 않았다. 오로지 원인을 알 수 없는 힘에 이끌려 달리기만 했다. 어느새 해가 지평선으로 떨어져 마지막 남은 빛이 사라지려고 할 때 메로스는 질풍처럼 형장에 도착했다. 그렇다, 제때 도착한 것이다.

"잠깐, 그 사람을 죽여서는 안 된다. 메로스가 돌아왔다. 약속한 대로 지금 이렇게 돌아왔다."

메로스가 큰 소리로 형장의 군중을 향해 외쳤지만 목이 상한 탓에 목소리가 모기 소리보다 작게 나왔고 군중은 그 누구도 그의 도착을 눈치 채지 못했다. 이미 교수대가 설치되어 밧줄이 목에 걸린 채 세리눈티우스의 목은 서서히 졸려가고 있었다. 메로스는 그것을 목격하고 마지막 남은 힘으로 군중을 파헤치고 교수대 앞으로 나가서 외쳤다.

"내가 왔다, 나 메로스다. 사형을 당할 자는 바로 나다. 그를 인질로 만든 사람이 여기 있다."

메로스는 쉰 목소리로 힘껏 외치면서 교수대에 올라 위로 끌려 올라가는 친구의 양다리에 매달렸다. 군중은 웅성거리기 시작했다. 장하다, 용서해라, 저마다 소리쳤다. 마침내 세리눈티우스의 목에 걸렸던 밧줄이 풀렸다.

"세리눈티우스!"

메로스는 눈물을 글썽이며 말했다.

"나를 때려줘. 있는 힘을 다해 내 뺨을 때려줘. 도중에 나는 나쁜 꿈을 꾸었다. 네가 만약 나를 때려주지 않으면 나는 너를 끌어안을 자격조차 없다. 그러니 어서 날 때려."

세리눈티우스는 모든 것을 간파하고 고개를 끄덕인 후, 형장 가득히 울려 퍼질 정도로 크게 메로스의 오른쪽 뺨을 때렸다. 그렇게 때린 후 부드럽게 웃으며 말했다.

"메로스, 나를 때려라. 내가 한 것처럼 세게 날 때려라. 나는 이삼 일 동안 딱 한 번 너를 의심한 적이 있다. 태어나서 처음으로 너를 의심했다. 네가 나를 때려주지 않으면 난 너를 끌어안을 수 없다."

메로스는 팔에 온 힘을 실어 세리눈티우스의 뺨을 내리쳤다.

"고맙다, 친구."

두 사람은 동시에 말을 한 후 서로 끌어안고 엉엉 소리내어 울기 시작했다.

군중들 중에서도 흐느끼는 소리가 들려왔다.

폭군 디오니스는 군중들 뒤에서 두 사람을 뚫어지게 바라보고 있다가 마침내 두 사람에게 가까이 다가가 얼굴을 붉히면서 말했다.

"너희 소원은 이루어졌다. 너희는 나를 이겼다. 믿음은 결코 공허한 몽상이 아니었다. 나도 너희와 친구가 되고 싶은데, 내 소원을 들어주지 않겠나? 부탁이니 너희와 친구 하고 싶다. 제발 들어주면 고맙겠다."

군중들 사이에서 환성이 터져 나왔다.

"만세. 임금님, 만세."

한 소녀가 메로스에게 주홍색 옷을 건넸다. 메로스는 어찌할 바를 몰라 당황스러워했다. 친구 세리눈티우스가 말했다.

"메로스! 너는, 지금 아무것도 입지 않은 벌거숭이다. 어서 옷을 받아 입도록 해라. 이 귀여운 아가씨는 메로스의 알몸을 다른 사람들에게 보이고 싶어하지 않는 것 같다."

메로스의 얼굴이 붉게 물들었다.

滿願 | 소원

지금으로부터 사 년 전 이야기이다. 내가 이즈의 미시마(三島)에 있는 지인의 집 2층에서 여름을 보내면서 「로마네스크」라는 소설을 쓸 때의 일이다.

어느 날 밤, 술에 취한 채 자전거를 타고 가다 넘어져 부상을 당하고 말았다. 오른쪽 복숭아뼈 윗부분이 찢어졌다. 상처는 그다지 크지 않았지만 술에 취한 탓인지 출혈이 몹시 심해 서둘러 병원으로 달려갔다. 동네 병원의 의사는 서른두 살로 매우 뚱뚱한 편이었다. 그 의사도 몹시 취한 상태였다. 나와 마찬가지로 비틀거리며 진찰실에 나타났기 때문에 나는 웃음을 참을 수 없었다. 치료를 받으면서 나는 키득키득 웃고 말았다. 그러자 의사도 낄낄거렸고 우리는 참지 못하고 같이 큰 소리로 웃었다.

그날 밤부터 우리는 친해졌다. 그 의사는 문학보다 철학을 좋아했다. 나도 철학을 이야기하는 것이 마음이 편했고 말도 잘 나왔다. 의사의 세계관은 원시이원론(原始二元

論)으로, 세상을 모두 선과 악의 대결로 생각했다. 그의 말 역시 시원시원하고 또렷했다. 나는 사랑이라는 유일신을 믿기 위해 마음속으로 애써왔지만 의사의 선악설을 듣자 찌무룩한 마음 한구석이 상쾌해졌다. 예를 들어 오늘 밤 나의 방문을 귀찮아하지 않고 부인에게 맥주를 가져오라고 하는 의사 자신은 선이고, 오늘 밤은 맥주로 하지 말고 카드놀이를 하는 게 좋지 않을까요? 하고 웃으면서 말하는 부인은 악이라고 말하는 의사의 말에 나는 주저없이 찬성했다. 부인은 키가 작고 약간 통통한 편이었지만 피부가 희고 우아했다. 아이는 없었지만 부인의 남동생으로 누마즈 상업학교에 다니는 얌전한 소년이 2층에 살고 있었다.

의사는 신문을 다섯 종류나 구독하고 있어서 나는 그것을 보기 위해 거의 매일 아침 산책을 핑계 삼아 삼십 분에서 한 시간 정도 그 집에 머물렀다. 뒷문으로 들어가서 안방 앞마루에 앉아 부인이 내다주는 보리차를 마시면서 바람에 펄럭이는 신문을 한 손으로 지그시 누르고 신문을 보았다. 마루에서 2미터도 떨어지지 않은 풀밭 사이를 시냇물이 졸졸 흐르고 있었고 그 시냇가의 좁은 길을 따라 자전거를 타고 우유 배달을 하는 청년이 매일 아침 "안녕하세요!" 하고 불청객인 나에게 인사를 했다.

같은 시각에 약을 타러 오는 젊은 여자가 있었다. 간편한 복장에 나막신 차림이 청결함을 느끼게 하는 자태였는데 그녀와 의사와의 웃음소리가 진찰실 바깥까지 들렸다.

의사는 가끔 현관까지 배웅을 나와 "부인, 조금만 더 참으세요" 하고 큰 소리로 꾸짖는 경우도 있었다.

의사의 부인이 어느 날 내게 말해줬다. 초등학교 선생님의 사모님으로 그 선생님은 삼 년 전에 결핵에 걸렸는데 최근 들어 많이 좋아지고 있다는 것이다. 의사는 매우 열성으로 그 부인에게 지금이 매우 중요한 때라고 이르며 단호하게 금하라고 했다. 부인은 의사의 말에 잘 따랐다. 그런대로! 간혹 가여운 표정으로 물어오는 때가 있었는데 그때마다 의사는 마음을 독하게 먹고 부인에게 "조금만 더 참으하세요" 하고 직접적인 표현은 하지 않지만 분명한 의미가 내포된 말로 나무란다는 것이다.

8월이 끝나갈 무렵, 나는 아름다운 것을 보았다. 아침에 의사의 집 마루에 앉아 신문을 보고 있는데 내 옆에 얌전히 앉아 있던 부인이 작은 소리고 속삭였다.

"어머! 좋은 일이라도 있는 모양이네요."

나는 고개를 들었다. 바로 눈앞의 시냇가 좁은 길을 따라 그 청결한 느낌의 자태가 가볍게 나는 듯이 걸어가고 있었다. 하얀 양산을 천천히 돌리고 있었다.

"오늘 아침, 허락을 받았어요."

부인은 또 속삭였다.

삼 년, 한마디로 말하자면…… 가슴이 울컥했다. 세월이 흐를수록 그 여자의 모습이 아름답게 생각된다. 그것은 의사 부인의 부추김 때문에 가능했을지도 모른다.

故 鄕 | 고향

지난해 여름, 나는 십 년 만에 고향을 다녀왔다. 그때 있었던 일을 써서 올 가을에 「귀거래歸去來」라는 제목으로 어느 계간지에 보냈다.

그 즈음의 일이었다. 기타 씨와 나카바타 씨가 함께 미타카의 집으로 찾아와서 고향의 어머니가 위중하다는 사실을 알려주었다. 오 년이나 육 년 안에 반드시 그런 소식이 있을 거라고 생각은 했지만 이렇게 빨리 소식이 올 거라는 생각은 하지 못했다. 지난해 여름, 기타 씨에게 이끌려 거의 십 년 만에 고향의 생가를 방문했는데 그때 큰형님은 부재중이었고 작은형, 형수, 조카들 그리고 할머니, 어머니를 만났다. 69세의 어머니는 매우 쇠약해서 걸음걸이조차 불안해 보였지만 병이 있는 것은 아니었다. 앞으로 오륙 년 아니 십 년은 버텨주길 바랐다. 그때의 일은 「귀거래」라는 소설에 자세하게 밝혔다고 생각한다. 아무튼 그때는 이런저런 사정 때문에 생가에 머무른 시간은 서너 시간에 불과

했다. 그 소설의 말미에 나는 고향에 더 있고 싶다고 썼다. 보고 싶은 것이 정말 많았다. 그렇지만 나는 고향을 살짝 훔쳐볼 수밖에 없었다. 또다시 고향 산천을 볼 수 있는 기회는 언제쯤 올까. 만약 어머니에게 무슨 일이 생겼을 때 혹은 다시 한 번 고향을 찾을 기회가 있으면 그때는 시간을 두고 천천히 고향을 볼 수 있을지도 모르겠지만 그것 또한 마음 편하지는 않을 것이라고 썼다. 그 원고를 출판사에 보낸 직후 그 '다시 한 번 고향을 볼 기회'가 올 거라곤 생각지도 못했다.

"이번에도 제가 책임을 지겠습니다."

기타 씨는 긴장하고 말했다.

"이번엔 부인과 아이까지 데리고 가야죠."

지난해 여름에는 나 혼자만이었는데 이번에는 나만이 아니라 집사람과 스노쿠(16개월 된 딸아이)도 함께 데리고 가겠다는 것이다. 기타 씨와 나카바타 씨에 대해선 「귀거래」에서 자세하게 설명했지만, 기타 씨는 동경에서 양복점을 경영하는 사람이고, 나카바타 씨는 고향에서 기모노 가게를 경영하는 사람이다. 두 사람 모두 오래 전부터 내 생가와는 무척 친밀하게 지내는 사람들로 내가 다섯 번, 여섯 번 아니 손가락으로 셀 수 없을 만큼 나쁜 짓을 많이 해서 고향의 생가와 왕래가 끊겼어도 두 사람은 순수한 마음으로 오랜 동안 단 한 번도 싫은 내색하지 않고 나를 보살펴주었다. 작년 여름에도 기타 씨와 나카바타 씨가 고향의 큰형님에게 야단맞을 각오를 하고 계획을 짜 나에게 십 년 만에 고향 땅을 밟게 해준 것이다.

"괜찮겠습니까? 집사람과 딸아이를 데리고 갔다가 문전박대라도 당하게 되면 차마 눈뜨고는 볼 수 없을 텐데."

나는 항상 최악의 사태를 생각한다.

"절대 그런 일은 없어요."

두 사람은 확실하게 부정했다.

"작년 여름 일은 괜찮았습니까?"

나는 매우 신중하게 마치 돌다리도 두드려보고 건너고 싶은 심정이었다.

"그날 이후 두 분은 큰형님과 아무 일 없었습니까? 기타 씨는 어땠습니까?"

"큰형님의 입장에서는……" 기타 씨는 깊이 생각하더니 "친척들도 있고 하니까 그래, 아우야! 잘 왔다 하고는 말 못합니다. 그렇지만 내가 데리고 가는 거니까 아무 일 없을 겁니다. 작년 여름에 그 일이 있은 후 동경에서 큰형님과 만났는데 '기타 군은 나쁜 사람이야' 하고 딱 한마디

하셨죠. 그래도 화를 내시지는 않았어요."

"그래요? 나카바타 씨는 아무 일 없었나요? 큰형님에게 봉변을 당하지 않으셨나요?"

"아니요."

나카바타 씨는 얼굴을 들고 "나한테는 아무 말도 없었어요. 지금까지는 당신에게 뭔가 도움을 주고 나면 반드시 나중에 싫은 소리를 하셨는데 작년 여름 일은 아무 말씀도 없었습니다."

"정말입니까?"

나는 마음이 약간 놓였다.

"두 분께 폐가 되지 않는다면 오히려 부탁을 드리고 싶습니다. 어머니가 보고 싶고, 또 작년 여름에 큰형님을 만나지 못해서 이번에는 꼭 만나고 싶습니다. 데려만 가주신다면 정말 감사하겠습니다. 그리고 집사람 말인데요, 시댁에 가는 일이 처음 있는 일이잖아요. 남편 형제들과 처음 만나는 거라 여자들은 옷도 준비해야 하고 그래서 아마 귀찮아할 겁니다. 그래서 기타 씨에게 부탁드립니다. 집사람을 설득해주십시오. 내가 말하면 투덜거릴 테니까요."

나는 집사람을 방으로 불렀다.

그러나 결과는 뜻밖이었다. 기타 씨가 어머니가 위중

하다고 말하고 소노코와 같이 데려가고 싶다고 말하는 중인데 집사람은 다다미에 양손을 붙이고 넙죽 절을 하면서 "잘 부탁드립니다" 하고 말했다.

기타 씨는 나를 보더니 물었다.

"언제 출발할 겁니까?"

27일로 결정됐다. 그날은 12월 20일이었다.

그러고 나서 일주일 간 집사람은 이런저런 준비를 하느라 분주했다. 친정에서 여동생이 도와주러 왔다. 새롭게 사야 할 것들도 많았다. 가지고 있던 돈도 바닥이 났다. 파산 직전이었다. 소노코만 아무것도 모른 채 방안을 아장아장 걷고 있었다.

27일 열아홉 시, 우에노발 급행 열차는 만원이었다. 우리는 하라노마치(原町)까지 다섯 시간 동안은 서서 갔다.

"어머님위급, 다자이한시빨리오길바람 —나카바타"

기타 씨는 전보를 내게 보였다. 고향에 먼저 가 있던 나카바타 씨에게서 오늘 아침에 온 전보였다.

다음날 아침 여덟 시, 아오모리에 도착하자마자 오쿠하네 선으로 바꿔 타고 가와베 역에서 다시 고쇼가와라행 기차로 갈아탔다. 그곳에서부터는 차창 가에 비치는 풍경은 사과밭뿐이었다. 올해는 사과가 풍작인 것 같았다.

"어머나! 정말 예쁘다."

집사람은 잠이 부족한 약간 충혈된 눈으로 차창을 내다봤다.

"한 번쯤은 사과밭을 보고 싶었어요."

손을 뻗으면 금방이라도 닿을 만큼 가까운 곳에서 사과는 빨갛게 빛나고 있었다.

열한 시쯤 고쇼가와라 역에 도착했다. 나카바타 씨의 딸이 마중 나와 있었다. 나카바타 씨의 집은 이 고쇼가와라 역 근처에 있다. 우리는 나카바타 씨의 집에서 잠시 휴식을 취하고 집사람과 소노코는 옷을 갈아입고 난 후 긴모쿠쵸(金木町)에 있는 생가를 찾아갈 계획이었다. 긴모쿠쵸는 고쇼가와라에서 츠가루 철도를 타고 북으로 사십 분 정도 더 가야 했다.

우리는 나카바타 씨의 집에서 점심을 먹으면서 어머니의 상태가 몹시 위급하다는 연락을 받았다.

"잘 왔어요."

나카바타 씨는 오히려 우리에게 고맙다는 말을 했다.

"이제나 올까, 저제나 올까 걱정했어요. 아무튼 이제 안심이 됩니다. 어머님께서는 아무 말씀도 안 하시지만 여러분을 기다리시는 눈치였습니다."

성경에 나오는 '돌아온 탕아'가 문득 생각났다.

점심을 마치고 출발을 하려는데 기타 씨가 약간 강한 어조로 말했다.

"트렁크는 놓고 가죠. 그렇게 합시다."

"……"

"큰형님께 허락을 받은 것도 아닌데 트렁크를 가지고 간다는 것은……."

"예, 그렇게 하도록 하죠."

모든 짐은 나카바타 씨의 집에 두고 가기로 했다. 환자를 만나게 해줄지도 모르는 상황이라고 기타 씨는 내게 주의를 준 것이다.

소노코의 기저귀 가방만 가지고 우리는 긴모쿠쇼행 기차에 올랐다. 나카바타 씨도 같이 가기로 했다.

시간이 갈수록 마음이 착잡했다. 모두 좋은 사람뿐이다. 누구 하나 나쁜 사람이 없다. 나만 과거의 좋지 않은 행실 때문에 아니 지금도 그다지 총명하지 못하고 악평은 높고 그날 벌어 그날 살아가는 가난한 글쟁이라는 사실 때문에 모든 것이 이렇게 나쁜 상황에 놓여 있는 것이다.

"경치가 좋은 곳이군요."

집사람은 차창 밖의 츠가루 평야를 바라보며 말했다.

"생각보다 밝은 토지예요."

"그런가?"

이미 벼를 베어낸 논바닥에는 겨울 색이 짙었다.

"나는 그렇게 보이지 않는데……."

그때의 나는 고향에 대한 자랑도 칭찬도 하고 싶은 생각이 들지 않았다. 그냥 몹시 괴로웠다. 작년 여름에는 이렇지 않았다. 그때는 두근거리는 마음으로 고향 산천을 바라다보았는데.

"저기 보이는 것이 이와키(岩木) 산이야. 후지 산과 닮아서 츠가루의 후지라고 해."

나는 쓴웃음을 지으며 아무런 정열도 없이 설명하고 있었다.

"이쪽의 낮은 산맥은 본쥬 산맥이고, 저것은 마하게(馬禿) 산."

애정이라곤 전혀 실려 있지 않은, 건성으로 하는 설명이었다.

추수가 끝난 논 저쪽 편에 빨간 지붕이 살짝 보였다.

"저기 보이는 것이" 우리 집이라고 말하려다 "큰형님 집"이라고 설명했다.

하지만 그것은 절의 지붕이었다. 내가 태어난 집은 그

오른쪽 편에 있었다.

"미안, 그게 아니라 그 오른쪽에 있는 커다란 집이야."

엉망진창이었다.

긴모쿠 역에 도착했다. 나이 어린 여자 조카와 젊고 예쁜 여자가 함께 마중 나와 있었다.

"저 예쁜 여자는 누구죠?"

집사람은 작은 소리로 내게 물었다.

"가정부일 거야. 인사할 필요 없어."

작년 여름에 나는 이 여자 또래의 예쁘고 품위 있는 여자가 큰형님의 딸인 줄 알고 아주 정중하게 인사했다가 나중에 보니 가정부였던 게 생각나서 이번에는 실수를 하지 않으려고 그렇게 말했다.

나이 어린 여자 조카는 큰형님의 둘째 딸로 작년 여름에 만나서 알고 있었다. 올해 여덟 살이다.

"시게야."

나의 부름에 시게는 활짝 미소를 지었다. 나는 다행이라고 생각했다. 이 애는 나의 과거를 모를 것이다.

집으로 들어가자 나카바타 씨와 기타 씨는 2층의 큰형님 방으로 올라갔다. 나는 집사람과 함께 불단이 있는 방으로 들어가 불상 앞에 절을 하고 집안 사람들만 들어가는 죠이(常居)라는 방으로 가서 한쪽 구석에 자리를 잡았다. 큰형수와 둘째 형수가 웃는 얼굴로 맞아주었다. 할머니도 가정부에게 부축을 받아 우리에게 왔다. 할머니는 여든여섯인데 가는귀가 먹었는지 제대로 못 듣는 느낌이었으나 건강했다. 집사람은 할머니에게 소노코를 인사 시키려고 하는데 소노코는 인사는커녕 아장아장 방안을 돌기만 했다.

큰형님이 왔다. 그러나 이 방을 지나치고 바로 옆방으로 들어갔다. 얼굴색도 좋지 않았고 몹시 수척해 보였다. 옆방에는 어머니 병문안을 온 손님이 한 분 있었다. 큰형님은 그 손님과 잠시 동안 이야기를 주고받더니 그 손님이 돌아가자 '죠이'로 와서 내가 말을 꺼내기도 전에 "그래" 하고 양손을 방바닥에 붙이고 가볍게 인사했다.

"걱정을 끼쳐 죄송합니다."

나는 몸이 굳어진 채로 인사를 한 후 "큰형님이셔" 하고 집사람에게 말했다.

큰형님은 집사람이 인사를 시작하기 전에 집사람에게 먼저 인사를 했다. 나는 조마조마했다. 인사가 끝나자 큰형님은 서둘러 2층으로 올라갔다.

무슨 일이라도 있는 건가? 하고 생각했다. 큰형님은 예전부터 기분 나쁜 일이 있으면 서먹서먹하고 정중하게 인사를 한다. 기타 씨도 나카바타 씨도 아직 2층에서 꼼짝도 않고 있다. 기타 씨가 꾸중이라도 듣고 있는 건 아닐까 하는 생각이 들자 갑자기 불안하고 무섭고 가슴이 두근거리기 시작했다. 큰형수님이 생글생글 웃으며 내려와서 우리를 안내했다.

"자, 이쪽으로."

나는 안도의 한숨을 내쉬고 벌떡 일어났다.

어머니를 볼 수 있다. 별다른 일 없이 어머니를 만나게 해주는 것이다. 내가 너무 걱정한 것 같았다.

복도를 걸으면서 형수님은 우리에게 말했다.

"이삼 일 전부터 어머님께서 기다리셨어요."

어머니는 본채와 조금 떨어진 곳에 약 스무 평 정도 되는 방의 커다란 침대 위에서 마른 풀잎처럼 주무시고 있었다. 하지만 의식은 또렷했다.

"어서 오너라."

집사람이 인사를 하자 머리를 들어올려 끄덕였다. 내가 소노코를 안아 소노코의 작은 손을 어머니의 뼈만 앙상한 손에 쥐어드리자 어머니는 손가락을 떨면서 작은 소노코의 손을 꼭 쥐었다. 머리맡에 있던 숙모는 미소를 지으며 눈물을 닦았다.

병실에는 숙모 외에 간호사가 두 사람 그리고 큰누나, 둘째 형수 그리고 친척 분들이 여럿 있었다. 우리는 열 평 남짓한 옆방의 대기실로 가서 인사를 나누었다. 슈지(나의 본명)는 하나도 안 변했네, 오히려 살이 약간 붙어 더 젊어진 것 같다고 모두 그렇게 말했다. 소노코도 걱정했던 것만큼은 낯을 가리지 않고 아무에게나 잘 웃었다. 모두 대기실의 화분 근처에 모여 소곤소곤 작은 소리로 이야기를 시작해 조금씩 긴장이 풀렸다.

"이번에는 오래 있다 갈 거지?"

"글쎄, 작년 여름처럼 두세 시간 후면 가야 하지 않을까? 기타 씨의 말로는 그러는 것이 좋다고 했어요. 나는 뭐든 기타 씨가 하라는 대로 할 생각이니까요."

"하지만 이렇게 어머니의 병환이 위중한데 모른 채하고 가겠다는 말이야?"

"아무튼 기타 씨와 말해보고……."

"기타 씨와 말해보고 결정하지 않아도 되잖아."

"아냐, 누나. 나는 지금까지 기타 씨에게 도움을 많이 받았으니까."

"그렇기도 하겠지. 그렇지만 설마 기타 씨가 그렇게 하라고 하겠어?"

"그러니까 기타 씨와 말해보고 결정한다는 거죠. 기타 씨의 지시에 따르기로 했으니까. 기타 씨는 아직도 2층에서 큰형님과 말씀 중이신데 무슨 일이라도 생긴 것은 아닐까? 우리 세 사람 이렇게 허락도 없이 왔는데……."

"그런 걱정은 할 필요 없어요, 도련님. 큰형님께서 빨리 오시라고 속달까지 보내셨는데, 설마."

"언제요? 나는 받은 적 없는데요."

"어머! 우리는 그 속달을 받고 오신 줄 알았는데……."

"그래요? 서로 엇갈렸나 봅니다. 이럼 안 되는데, 기타 씨가 괜히 참견한 형태가 돼버렸어요."

그랬구나. 모든 것이 파악되었다. 운이 없었다고 생각했다.

"나쁠 건 없잖아. 하루라도 빨리 왔으니까 좋지, 뭐."

그러나 나는 맥이 빠지고 말았다. 일부러 영업까지 포기하고 우리를 데리고 와준 기타 씨에게 미안했다. 그리고 때가 되면 오라고 할 텐데 하는 형님들의 기분도 알 것 같았다.

몇 시간 전에 역까지 마중 나온 기품 있고 예쁜 젊은 여자 아이가 방으로 들어와서 웃으면서 내게 인사했다. 또 실수하고 말았다. 이번에는 너무 신중해서 실수한 것이다.

그녀는 가정부가 아니라 큰누나의 딸이었다. 여덟 살 때까지의 모습이 기억나는데 그때는 피부도 검었고 키도 작았다. 지금 보니 너무 많이 변해 있었다.

"얘는 미츠야."

숙모는 웃으면서 소개시켜주었다.

"왜, 너무 예뻐서?"

"예, 정말 미인이군요."

나는 솔직하게 대답했다.

"피부가 희구나."

모두 웃었다. 내 마음도 조금 열렸다. 그때 문득 옆방의 어머니를 보니 어머니는 입을 힘없이 벌려 거친 숨을 들이마시고 뼈만 앙상한 손으로 파리라도 쫓으려는 듯 허공에 손짓을 했다. 이상하다고 생각했다. 나는 일어서서 어머니의 침대 옆으로 갔다. 다른 사람들도 걱정스런 얼굴로 어머니의 머리맡으로 모여들었다.

"가끔씩 이렇게 힘들어하십니다."

간호사는 낮은 소리로 그렇게 설명하고 이불 밑으로 손을 넣어 어머니의 몸을 열심히 주물렀다. 나는 머리맡에 무릎을 꿇고 어머니 어디가 아프세요? 하고 물었다. 어머니는 힘없이 머리를 흔들었다.

"힘내세요. 소노코가 학교 다니는 모습도 보셔야죠."

나는 쑥스러움을 견디며 그렇게 말했다.

갑자기 친척 아주머니께서 내 손을 끌어당기더니 어머니의 손에 쥐어줬다. 나는 나머지 한 손도 가져가 양손으로 어머니의 차가운 손을 따뜻하게 감쌌다. 친척 아주머니는 어머니의 이불에 얼굴을 파묻고 울기 시작했다. 숙모도 다카(둘째 형수 이름) 님도 눈물을 터뜨렸다. 나는 입술을 깨물고 참았다. 잠시 동안 그렇게 있었는데 도저히 참지 못하고 어머니 곁을 살짝 빠져나왔다.

나는 양실〔洋室 : 전통적인 일본식 다다미방과 다르게 서양식으로 꾸민 방〕로 향했다. 그 방은 춥고 쓸쓸했다. 하얀 벽에 양귀비꽃 유화와 나부를 그린 유화가 걸려 있었다. 맨틀피스〔mantelpiece : 서양식 건축에서 거실이나 홀(hall) 벽에 만든 난로를 장식하는 부분 또는 그와 같은 장식을 가진 난로〕에는 나뭇조각 하나가 외롭게 올려져 있었고 소파에는 호랑이 가죽이 깔려 있었다. 의자도 테이블도 카펫도 모두 옛날 그대로였다.

나는 방안을 서성거리면서 지금 눈물을 흘린다면 그것은 거짓이다, 지금 운다면 거짓이다 하고 자신에게 몇 번이고 들려주며 울지 않으려고 울지 않으려고 노력했다. 아무도 몰래 이 방에 들어와 혼자 눈물을 흘리면서 어머니를 걱정하는 마음 착한 아들. 이것은 사기다. 누군가에게 그렇게 생각하게끔 하는 행동이다. 그런 삼류 영화가 있었다. 서른네 살이나 먹고 이게 무슨 짓이냐. 뭐야, 마음씨 착한 막내아들 연극은 그만하지 그래, 이제 와서 효자인 척한다고 해서 네가 효자라도 될 것 같으냐. 울면 거짓이다, 눈물은 거짓이다 하고 마음속으로 말하면서 그저 방안을 서성이고 있는데 당장이라도 오열이 터질 것만 같았다. 그러나 참았다. 담배를 피우고 코를 풀고 할 수 있는 것은 다해 보았다. 결국 나는 한 방울의 눈물도 흘리지 않았다.

날이 저물었다. 나는 어머니의 병실로 가지 않고 양실의 소파에 누워 자고 있었다. 이 양실은 지금은 사용하고 있지 않는 느낌이 들었는데 스위치를 올려도 전기가 켜지지 않았다. 나는 춥고 어두운 방안에 혼자 있었다. 기타 씨도 나카바타 씨도 아직 아무 소식이 없다. 도대체 뭘 하고 있는 것일까? 집사람과 소노코는 어머니의 병실에 있는 모양이다. 오늘 밤 우리 가족은 어떻게 되는 것일까? 예정대로라면 병문안을 끝내고 곧바로 고쇼가와라의 숙모 집으로 가서 그곳에서 하룻밤을 묵을 예정이었다. 그러나 어머니의 상태가 이토록 위독한 상태에서 이곳을 나선다는 것도 참 애매했다. 아무튼 기타 씨와 만나고 싶었다. 기타 씨는 도대체 어디에 있는 거지? 큰형님과 무슨 마찰이라도 생긴 것은 아닐까? 내가 있을 곳은 아무 데도 없는 듯한 생각이 들었다.

집사람이 어두운 양실로 들어왔다.

"당신, 감기 들겠어요."

"소노코는?"

"잠들었어요."

병실의 대기실에 재워뒀다고 한다.

"괜찮을까? 춥지 않도록 잘했어?"

"예, 숙모님이 담요를 덮어주셨어요."

"어때? 모두 좋은 사람뿐이지?"

"예."

그러나 역시 불안한 모습이 역력했다.

"앞으로 우리는 어떻게 해요?"

"모르겠다."

"오늘 밤 어디서 자죠?"

"그런 건 나한테 물어봐도 소용없어. 어쨌든 기타 씨의 지시에 따르지 않으면 안 돼. 지난 십 년 동안 그런 습관이 생겼어. 기타 씨를 무시하고 직접 큰형님과 부딪치면 소동이 일어나. 무슨 말인지 알겠지? 지금 난 아무런 권리도 없어. 트렁크 하나 가지고 오지 못했잖아."

"당신, 어쩐지 기타 씨를 원망하는 말투 같네요."

"바보. 기타 씨의 마음은 누구보다 내가 잘 알아. 하지만 기타 씨가 사이에 끼어 있어서 나와 큰형님 사이가 복잡하게 된 것도 사실이야. 항상 기타 씨의 체면을 세워줘야 하는 것도 있고. 그러나 나쁜 사람은 한 사람도 없어."

"정말 그래요."

집사람은 조금 이해가 되는 모양이었다.

"기타 씨가 모처럼 이렇게 데리고 와주셨는데 남자분들 일에 참견하는 것도 그렇고, 저와 소노코까지 함께 와서 기타 씨에게 폐를 끼친다면 저 역시 감당하지 못해요."

"하긴 그래. 다른 사람을 보살펴주는 것도 그리 쉬운 일은 아니야. 특히 나란 존재는 더욱 힘들지. 이번에는 기타 씨도 안됐어. 이렇게 먼 곳까지 우리를 위해서 일부러 와주었는데 결과적으로는 큰형님에게나 우리들에게 별로 고맙다는 느낌도 못 얻고 엉망진창이 되었어. 우리들만이라도 어떻게 해서든지 기타 씨의 체면을 세워줘야 하는데 공교롭게도 나에겐 그럴 힘이 없어. 괜히 나섰다간 오히려 역효과가 날 수도 있으니까 그냥 이대로 있어야지, 뭐. 당신은 병실에 가서 어머니의 다리라도 주물러드려. 지금은 어머니의 병환만 생각하자고."

집사람은 좀처럼 일어설 기미를 보이지 않았다. 어둠 속에서 고개를 떨구고 서 있었다. 어두운 곳에 우리 둘이 있는 것을 다른 사람이 보면 안 된다고 생각하여 나는 소파에서 몸을 일으켜 복도로 나왔다. 몹시 추웠다. 이곳은 홋카이도 바로 아래 지방이다. 복도의 유리창을 통해 밖을 내다보았건만 별 하나 보이지 않았다. 그냥 몹시 어두컴컴할 뿐이었다. 무슨 이유인지는 모르겠지만 갑자기 나는 일이 하고 싶어졌다. 그래, 일을 하자. 한층 그 마음은 더해갔다.

큰형수님이 우리를 찾으러 왔다.

"어머, 여기 계셨어요?"

약간 놀란 표정이었지만 목소리는 매우 밝았다.

"식사하셔야죠. 미치코 씨도 같이 가요."

큰형수님은 우리들에게 아무런 경계심도 없는 것 같았다. 나는 큰형수님이 믿음직스럽게 보였다. 뭐든 이 사람과 의논한다면 틀림없을 것이라고 생각했다.

안채의 불단이 있는 방으로 안내되었다. 식탁 바깥쪽으로부터 고쇼가와라 숙모의 아들 그리고 기타 씨, 나카바타 씨, 건너편에 큰형님, 작은형, 나, 미치코 모두 일곱 명의 자리가 준비되어 있었다.

"속달이 엇갈렸습니다."

나는 작은형의 얼굴을 보는 순간 나도 모르게 그 말을 내뱉고 말았다. 작은형은 고개를 끄덕였다.

기타 씨는 아무 말 없이 떨떠름한 표정이었다. 술자리에서는 항상 분위기를 띄우는 사람이었는데 그날 밤은 무척 조용했다. 무슨 일이 있었다고 나는 확신했다.

그래도 숙모의 아들이 술에 취해 간간히 우스갯소리를 해서 술좌석의 분위기는 약간 밝아졌다. 나는 팔을 내밀어 큰형님과 작은형에게 술을 따랐다. 형들은 나를 용서한 것일까? 아니면 아직 용서하지 않은 것일까? 이젠 그런 생각은 하지 않기로 했다. 평생 용서 받을 리가 없기 때문에 용서해줄 거라는 생각 자체를 버려야 한다. 결국은 내가 형들을 사랑하는지 아니면 사랑하지 않는지가 문제다. 사랑하는 자는 행복하다. 내가 형들을 사랑하면 되는 것이다. 괜한 미련 같은 것은 버려야 한다고 내 잔에 술을 따라 마시면서 쓸데없는 자문자답을 계속했다.

기타 씨는 그날 밤, 고쇼가와라의 숙모 집에 머물렀다. 문병객으로 복잡한 것을 보고 기타 씨가 긴모쿠 집에서 묵는 것을 사양했는지 어쨌든 고쇼가와라에서 자기로 했다. 나는 정거장까지 기타 씨를 배웅했다.

"감사합니다. 모두 기타 씨의 덕분입니다."

나는 마음속에서 우러나오는 인사를 했다. 이렇게 기타 씨와 헤어지는 것이 안타까웠다. 앞으로는 그 누구도 내게 지시하는 사람이 없어진다.

"저희들 오늘 밤 긴모쿠 집에서 자도 상관없겠습니까?" 하고 물어보고 싶었다.

"물론 상관없죠."

내가 그렇게 느끼는 탓인지 서먹서먹한 말투였다.

"어머님께서 저렇게 위독하신데……"

"그럼 저희들은 이삼 일 더 긴모쿠 집에 머물고 싶은데…… 그럼 너무 뻔뻔할까요?"

"어머님 상태에 따라야겠죠. 아무튼 내일 전화로 이야기하도록 하죠."

"기타 씨는?"

"내일 동경으로 돌아갑니다."

"피곤하시겠네요. 작년 여름에도 바로 동경으로 돌아가셨고 해서 이번엔 아오모리 근처의 온천으로 모시려고 준비하고 왔는데……"

"아닙니다. 어머님께서 저렇게 편찮으신데, 온천은 무슨 온천입니까? 사실 이렇게 상태가 나쁠 줄은 저도 몰랐습니다. 의외였어요. 그리고 대신 지불한 기차 요금은 나중에 돌려드리겠습니다."

갑자기 기차 요금을 말해서 나는 당황했다.

"무슨 말씀이십니까? 돌아가는 표도 내가 사드려야죠. 그런 말씀 하지 마세요."

"아니, 확실하게 계산해야 합니다. 나카바타 씨 집에 있는 짐은 내일 일찍 긴모쿠쵸로 배달시키도록 하겠습니다. 그것만 끝내면 이젠 내가 할 일은 없습니다."

그는 컴컴한 밤길을 성큼성큼 걸었다.

"정거정이 이 근처죠? 이젠 그만 들어가세요. 어서요."

"기타 씨!"

나는 매달릴 듯이 두세 걸음 쫓아가서 물었다.

"큰형님께 무슨 말이라도 들었습니까?"

"아니요."

기타 씨는 발걸음을 멈추고 차분하게 말했다.

"그런 걱정은 이제 안 하는 게 좋아요. 나는 오늘 밤 기분이 좋았습니다. 분지(文治), 에이지(英治) 그리고 슈지(修治), 삼형제가 나란히 앉아 있는 것을 보니 눈물이 나올 정도로 기뻤습니다. 이제 나는 아무것도 필요없어요. 만족합니다. 처음부터 아무런 보수도 바라지 않았고 그것은 슈지 님도 잘 알 거라 생각합니다. 나는 단지 당신들 삼형제가 나란히 앉아 있는 모습이 보고 싶었을 따름입니다. 정말 기분 좋습니다. 슈지 님도 앞으로 마음 단단히 먹고 살아가세요. 우리 같은 노인네는 이제 손뗄 때가 됐습니다."

기타 씨를 배웅하고 나는 집으로 돌아왔다. 이제 앞으로 기타 씨에게 의지하지 않고 내가 직접 형들과 타협해야 한다고 생각하니 기쁨보다 두려움이 앞섰다. 또 실수를 저질러 형들을 화나게 하는 것은 아닌지 하고 불안한 마음이 가득했다.

집으로 돌아오자 병문안 온 사람들로 가득했다. 나는 문병객들의 눈에 띄지 않으려고 부엌을 통해서 병실로 가려던 참에 죠이 옆에 있는 삭은 방을 들여다보니 자은형이 혼자 그 방에 앉아 있는 것이 보였다. 나는 마치 무언가에 끌리는 것처럼 그 옆으로 가 앉았다. 마음속으로 흠칫흠칫했으나 겉으로는 태연한 척하고 물었다.

"어머니는 가망이 없는 건가요?"

너무 당돌한 질문이어서 내 자신도 깜짝 놀랐다. 작은형은 씁쓰레한 웃음을 띠더니 주위를 살피며 말했다.

"음, 이번에는 어렵다고 생각해라."

그곳에 갑자기 큰형님이 들어왔다. 한동안 갈팡질팡하

더니 방안을 걷기 시작했다. 그리고 책상 서랍을 열었다 닫았다 하더니 작은형 옆에 양반다리를 하고 앉았다.

"큰일이다. 이번에는 정말 큰일이다."

그렇게 말하고 얼굴을 숙이더니 안경을 이마 위로 올리고 한 손으로 양쪽 눈을 눌렀다.

문득 정신을 차리고 보니 언제부터인가 등 뒤에는 큰누나가 조용히 앉아 있었다.

지은이 **다자이 오사무**(太宰 治 1909~1948)
아오모리현 출생. 본명은 츠시마 슈지. 동경대 불문학과 중퇴. 재학 중 공산당운동에 관여하다 탈퇴. 긴자의 술집 여성과 가마쿠라에서 동반 자살을 시도하였으나 자신만 살아남는다. 1935년 「역행(逆行)」이 제1회 아쿠타가와상 차석으로 입상하여 이듬해 첫 번째 창작집 『만년(晩年)』을 발행. 이때 파비널 중독으로 고생. 1939년 이부세 씨의 중매로 이시하라 미치코와 결혼하여 생활이 안정이 되자 「후지 산 백경(富嶽白景)」 등 많은 작품을 발표했다. 제2차 세계대전 후 『사양(斜陽)』 등으로 유명 작가가 되지만 『인간실격(人間失格)』을 남기고 야마사키 도미에와 함께 다마 강 수원지에 투신 자살한다.

옮긴이 **김욱송**
일본 릿쿄대학 경영학부를 거쳐 SANNO대학원에서 경영정보학을 전공했으며 일본문학에 관심이 많아 일본의 소설가들과 친분을 쌓으며 평소에 친한 작가로부터 소설작법을 공부했다. 일본에서 법인을 설립하여 무역 및 컨설팅 사업에 종사. 귀국 후 한일 양국의 IT 관련업체 자문 활동을 하고 있으며 현재 AUSOME INC. 대표이사로 있다.
번역서로는 『초라한 밥상』 『래리 엘리슨과 오라클 신화』 『e비즈니스』 『비즈니스 모델 특허 전략』 『닷컴 비즈니스』 『소니제국의 마케팅』 『CEO모택동의 네트워크 비즈니스 리더십』 『손금으로 행복찾기』 『무농약 건강채소 기르기』 『비즈니스에서 성공하는 100가지 지혜』 등이 있다. e-mail:ausome55@hanmail.net